花街の用心棒
花は凛と後宮を守り

深海 亮

富士見L文庫

目次

澄《ちょう》という国に、一人の女がいた。彼女の名は玄雪花《げんせつか》。

妓楼《ぎろう》で働く用心棒の一人でありながら、紆余曲折《うよきょくせつ》を経て、大貴族の元へ嫁ぐことになった異例の女だ。

前代未聞の灰かぶり姫としても有名だが、彼女にまつわる伝承はそれだけでない。

それこそ灰かぶり姫と呼ばれることもあれば、男運のない不憫《ふびん》な女と。

運命を取り戻した女と呼ばれることもあれば、運命に翻弄《ほんろう》された女と。

金に縁がない女と呼ばれることもあれば、賭場《とば》の荒らし女《め》と。

新時代の扉を開いた旋風と呼ばれることもあれば、古《いにしえ》の歴史を背負った六花《りっか》と。

実に様々な形で。それも澄国にとどまらず近隣諸国にまで、彼女の存在は後世へと受け継がれている。

なぜ、このような伝承がいくつも残るのか。

その問いに対する、端的で明確な答えなどないのだろう。何せ、彼女はただ生きただけなのだ。彼女が信じた己の道を。

答えを求めるなら彼女が歩んだ軌跡を辿《たど》るしかない。不可解で、不思議な縁に導かれた彼女の生き様を。彼女と道が交わった者たちの生き様を。

そうすればきっと見えてくるはずだ。玄雪花という人間と、歴史の裏に隠された真実が――。

一章

「あらぁ？　出かけるの？」

男衆に行き先を告げ、雪花《せっか》は靴を履き出かけようとしていた。

仕事を終えて気だるそうに声をかけてきたのは、この妓楼、紫水楼《しすいろう》の看板娘の一人、豊満な肢体を持つ美女、萌萌《もんもん》である。

湯を浴びたところなのだろう、ぬばたまの髪が艶《つや》やかに濡《ぬ》れており、胸元が開《はだ》けていて煽《せん》情《じょう》的な光景である。

その後ろでは、煙管《キセル》を吹かす年齢不詳の楼主、帰蝶《きちょう》もいる。

「刀の調子が少し悪いんですよ」

「じゃあお金払うから、帰りにお団子でも買ってきてくれない？」

「こら、雪花はお使いに行くんじゃないんだよ」

「だって、甘いものを食べたいんだもの」

「構いませんよ。お使い代込みでいただけるなら」

「えー、ケチ」

「こっちも借金抱えてるもんですみません」

「そうだねぇ。あんたんとこの馬鹿の借金、まだまだあるからねぇ」

「はい、というわけで駄賃ください」

雪花は手のひらを差し出す。

「まったくもう、可愛くないわねぇ」

「はん、おまえよりかは多少は……」

「あ。ついでに刀も商売道具なんで、あとから修理代お願いします」

「「まったく可愛くないね!」」

というわけで、雪花は小銭をやや多めにもらって店を出た。萌萌はああいいながらも、結構気前がいい。いつも少しだけ上乗せしてくれる。

楼主である帰蝶は、雪花と同じで守銭奴のためさすがにそれはないが。

(うーん、道のりは長いな)

歩きながら考えるのは残りの借金のことである。

いっておくが、借金は自分がしたわけではない。養父のせいである。

もともと養父と共に用心棒で各地を放浪していたが、養父がまぁ賭博《とばく》好きで、返済から逃げ回って姿をくらましたおかげで、自分が紆余曲折を経て今の妓楼に用心棒として売られるに至ったわけだ。

妓楼といえば男女のあれそれが行われるところ。

だから自身もついに春を売らねばならないところまで来たかと、もはや他人事《ひとごと》のように諦《あきら》めもしていたが、用心棒さえしてくれれば良いとのことだった。

まあそれもそうだよな、と雪花は思い返す。

自分でいうのもなんだが、自身に女の魅力は皆無であるのだから。

今まで各地を放浪していたため女性としての教養などあるはずもなく。

むしろ武を仕事としているため傷や痣《あざ》は体のあちこちにあるし、発達すべきところは発達せずぺちゃんこなうえ、小柄であるため容姿もよくない。

楼主は、女の魅力にどうもかけている雪花を妓女にするより、そのまま用心棒として働かせたほうが儲《もう》けられると思った様だ。

そうして雪花は、年齢不詳（以前何気なく聞いたら折檻《せっかん》されかけた）の帰蝶が営む紫水楼で女用心棒をして働いている。

（もう二年近くか）

早いものだ。

各地を流れ歩いていた雪花にとっては、こうして長い期間、一か所に留《とど》まっているのは初めてのことである。

昼は閑散としている花街を抜けると、城下町はすぐそこだが、花街の女たちが自由に出かけることは叶《かな》わない。

いつも部屋の窓から眺めることしかできないのだ。

だから雪花は、使いを頼まれたら断らないようにしている。

一気に人の流れが増えた城下町に出ると、足早に馴染《なじ》みの刀師のもとへと訪れる。

「おう、久しぶりじゃないか」

暖簾《のれん》を潜《くぐ》れば、刀と睨《にら》み合っている坊主頭の親父がいた。

「親父、悪いんだけどちょいと見てくれないかな。どうも調子が悪くて――あ、申し訳ない。先客がいたのか」

「……構わないですよ」

店内の隅で、腕を組んで座っている男がいた。目元から下が覆面で覆われており、まぁなんというか不気味だ。長身でぬっとしている。

「いや、そういうわけには。……時間を改めてまた来るよ」

「構わないと言っているでしょう。わたしは急いでいませんので、先にどうぞ」

どうしたもんかとちらりと親父を見ると、親父も困った顔でこちらを見ていた。

「……では、お言葉に甘えて」

そうして微妙に気まずい雰囲気の中、雪花は修理が終わるのを待つ羽目になった。

「あんな子供が刀を持つとは。誰かの使いですか？」

覆面の男は、丁寧にお辞儀をして帰って行った雪花がいなくなると、刀を叩《たた》く男に向かって尋ねた。

まだ十四、五歳であろうか。小柄で、刀がなんとも不釣り合いである。

「あれはあの子の愛刀だ。雪花が剣を振るうんだ」

「……嘘でしょう」

「本当さ。あの子はその腕を買われて、花街で用心棒をしている。この辺りじゃ有名な話さ」

「あんな坊やがですか？」

「ならもう一つ、信じられない話を教えてやろうか」

「？」

「あいつは坊やじゃないぞ。名は玄《げん》雪花、正真正銘のお嬢ちゃんだ」

目をまん丸くさせたのが、ここの親父にはわかったらしい。はははと豪快に笑っている。

「あんた様でも驚くのかい」

すると覆面の男は何かを考えるように幾ばくか黙りこむと、再び親父に尋ねた。

「彼女が働いている店の名を教えてもらいたい」

夕暮れとともに花街の一日は始まる。赤い提灯《ちょうちん》が灯《とも》り始めるのを、今宵《こよい》も雪花は静かに眺める。

入り口に立つのは雪花と、男衆の一人、恐ろしい熊のように強面《こわもて》だが実は優しい柳杞《りゅうき》である。彼は雪花とは違い、槍《やり》を扱う。

「雪花、今日も暇だといいな」

「そうですね」

基本、厄介な客がこない限り門番は暇だ。

大抵酔っ払いの対応か、偏狂男《ストーカー》の追い払いくらいであるが、幸いにもこの妓楼の客は上客ばかりなので問題《トラブル》は少ない。

だが路地裏なんかに行けば、ろくでもない破落戸《ごろつき》が多いのが花街だ。哀れな姿でこと切れている人間なんて珍しいものでない。

用心するに越したことはないだろう。

何事もないと思うが、仕事は仕事。怠けるわけにはいかない。

普段通りに、何事もなく時が過ぎるのを守るだけだ。

だが、今宵はいつもと違う夜となった。


その日は何事もなく終わるはずであった。

いつものように客を送り出し、日が昇るのを眺めながら店を閉める直前のことだ。

雪花はやや目を細めて、刀の柄《つか》に手をかける。

破落戸の格好をした男たちが三人、店に近づいてきたのだ。

柳杞もそれに気付き、槍を構える。

「……うちの店になんか用か？　もう店閉まいするから、夜に来てくれねえかな」

「…………」

男たちは何も答えない。

(何者だ……？)

真ん中にいる笠《かさ》を被《かぶ》った男が手で合図をすると、端の二人が抜刀して地を蹴《け》った。

「柳杞」

「分かってるさ」

まず柳杞が店に知らせるために、合図の笛を吹く。甲高い音が朝焼けの空に鳴り響いた。

（来た……！）

雪花も素早く抜刀し、降りかかってくる刃《やいば》を受け止めた。柳杞も側で、大柄な男の刃を跳ね返す。しかし雪花は受け止めた感触に、違和感を持ち片眉《かたまゆ》を吊《つ》り上げた。

（これは……）

切り掛かってくる太刀を受け流しながら、雪花は何の茶番だと鼻を鳴らした。

うまく破落戸に化けているつもりだろうが、そうでないのはこれだけ至近距離にいれば分かるものだ。汚れた服に似合わない小綺麗《こぎれい》な肌。破落戸特有の臭いもしない。それにこの太刀筋。一見乱雑に振っているだけのように見えるが、訓練された型が見え隠れする。それも上品すぎる型だ。

（試されている）

一歩として動かずにいる頭《かしら》らしき人物が、探るように観察しているのを見て、そう確信した。

（そういうのは嫌いなんだが）

雪花は早くこの茶番を終わらせるために、面倒臭そうに舌打ちすると仕方が無しに動くことにした。

男の太刀を受け流すと、逃げるように背を向けて走り出した。そして男が追ってくるのを確認しながら、行き止まりへと誘いこむ。

「ふん、たいしたことのない」

そういった男の声は若かった。

「そりゃ悪かったね」

雪花は素っ気なく答えると、立ちはだかる壁を目にしても速さを落とさずに、壁に向かって跳躍した。そして壁を蹴ると、軽やかに宙を舞って男の背後を取る。

「なっ――」

驚き、目を見開く男に乾いた笑みを向けると、手刀で彼の持つ刀を落とし、ひざ裏を蹴って地面にはり倒した。

男の背に跨《また》がると、彼の右頬を掠《かす》めるようにして地面に刀を突き立てる。

「たいしたことないねぇ」

「てめえっ」

「そんな鈍《なまくら》じゃわたしは殺《や》れないよ。わかったらさっさと――」

さっさと要件を言えよ。

そう言おうとしたが、突如背後に感じた殺気に言葉を切った。雪花は振り向き、自身に向かって繰り出された刀を受け止める。笠を被っている男が斬り込んできたのだ。

(っしつこい……！)

雪花は刀を絡めとって薙《な》ぎ払うと、男を引き寄せながら再び広い路地へと戻る。そこで雪花は、道端に置かれた木箱を踏み台にして男に向かって大きく跳躍した。その素早さと高さに、目の前の男は驚いたように目を見開く。しかしすぐさま反応し、己の刀で受け止めた。

刀がぶつかり合う音が、朝焼けの空に響き渡る。

雪花は己の体重を刃にかけると、空中で身体を捻《ひね》って、男の横顔目がけて足を繰り出した。

——入った。

雪花は瞬間的にそう確信したのだが、ぶつかる寸前、男は腕で防いでいた。男の口端が愉快そうに持ち上がる。

（こいつ……）

思ったより、できる。

雪花は舌打ちして距離を取ると、これ見よがしに大きくため息をついた。

「なあ。もうこの辺でいいだろう？」

雪花は、目の前に立つ男に向かってそう言った。

「なるほど……。本当、猿みたいに身軽ですね」

男は刀を鞘《さや》に納めながら笑った。

「それはどうも」

雪花も自身の刀を鞘に納める。

「なぜ茶番だとわかったんです？」

はて。この声、どこかで聞いた覚えがあるが、どこであったか。

「まずその一。違和感を持ったのはそのぼんくら刀だ。なんで刃がない。なめてるだろ」

「………」

「その二。あんたたちはうまく化けたつもりだろうが、その育ちの良さを隠せていない。破落戸にある臭いがなければ汚れもない。それに加えて型が上品すぎる。訓練された者の太刀筋だ」

「なるほど。及第点です」

馬鹿にしてるのか、パチパチとやる気のない拍手を寄越《よこ》された。思わず半目になる。

いつの間にか、柳杞の方も終了しているようだ。

「……用事がないならお引き取り願えませんかね。こちとら仕事は終わりなんで、無駄働きしたくはないんですよ。それに、そちらこそ事を荒立てたくないでしょう」

二人の周りには、騒ぎを聞きつけやってきた男衆や、他所《よそ》の妓楼《ぎろう》の関係者たちがわらわらと集まりだしていた。

「……では、今夜改めて参りましょう。女用心棒殿が相手をしてくれるならば」

「はぁ？」

男は深く被っていた笠を外す。するとそこには、目から下を布で覆い隠した、昼間の覆面男がそこにいた。

「あっ！　あんた、昼間の！」

「無駄働きさせた分は、後ほどお支払いしますからご安心を」

「いやいや。払ってもらわなくていいから、来ないでくれませんかね」

怪しいことに巻き込まれたくない。

「ではまた」

聞いちゃいないし。

覆面男が背を向けると、従者と思わしき二人も帰っていった。

「一体なんなんだ？　あいつら」

いつの間にかそばにやってきた柳杞が、ぽつりと呟《つぶや》く。額に汗をかいているところを見ると、結構手こずった様子だ。柳杞は傭兵《ようへい》あがりで、男衆の中でも腕は立つほうなのだが。

「さぁね」

雪花は短く答えた。

本当に何をしに来たのかわからないが、とりあえず力試しということだろう。それも、雪花の。

「おまえ、色んなところで恨み買ってそうだもんな」

しみじみ呟く様子が妙に気にくわないが、悲しいかな。柳杞の言う通り、否定はできない雪花であった。

怪しげな連中がやってきたせいもあり、その日の紫水楼は少しざわついていた。一体何があったのかと姐《ねえ》さんたちが詰め寄ってきたが、怖い楼主が睨《にら》みを利かせたため、不満そうに散っていった。

帰蝶にあったことをそのまま告げると、柳杞と同じ台詞《せりふ》と視線をくれた。まったくもって失礼である。

考えても分からないものは分からないので、雪花は最後に風呂《ふろ》を浴びると、とりあえず寝ることにした。

そして昼過ぎに起きてあの刀鍛冶屋《かたなかじや》の親父に話を聞きに行ったが、これまた図ったように店を閉めていた。

むっとして、珍しく自分用に団子を買って帰り食らいついた。禿《かむろ》が羨《うらや》ましそうに見ていたため、茶をいれてもらう代わりに、今回だけ仕方なく分けてやった。

そんなこんなであっというまに時間は経つもので、気がつけば夕暮れがやってきた。

「雪花、今日はおまえ、表に出なくていいよ」

帰蝶が雪花の部屋を訪れるなりそう言った。

「一応あんたは、あいつからの預かりもんだからね。今日くらい奥に引っ込んでな。奴らが来たら追い払ってやるから」

預かりもんというより、いわゆる質であるが。

「お言葉は嬉《うれ》しいんですが……」

あいつらがすんなりと追い払われてくれるだろうか。

ご丁寧に改めて参ると言ってたし、一悶着《ひともんちゃく》あるのは目に見えてる。店には迷惑をかけたくないし、ここは出迎えるのが筋であろう。

そういうと帰蝶は、なめんじゃないよ、と眉根を寄せた。

「何言ってんだい。あんたは曲がりなりにも女なんだからね。時には娘として守られてりゃいいんだよ」

珍しく殊勝なことを言ってくれるので、雪花は目をまん丸くさせる。それが気に食わなかったのか、後頭部をスパンと叩《たた》かれた。

まったく、手の早い楼主殿である。

「帰蝶！　覆面男が来たぜ！」

「わたしが出る。敷居を跨《また》がせんじゃないよ！　塩を持ちな！」

男衆を伴って堂々と闊歩《かっぽ》する様は、まさに女王様である。だがどうにも不安の芽は残るわけで。

(嫌な予感がする……)

雪花に与えられた部屋は二階の物置部屋を改造したものだ。そろそろと下へと降りていき、玄関に続く控えの間にするりと身体を滑り込ませた。

そして僅《わず》かに襖《ふすま》を開けて、玄関の様子を覗《のぞ》き見る。

帰蝶が玄関口に立ちはだかり、丁寧ながらもドスの利いた声で、覆面男を押し返そうとしていた。

うちの娘《こ》に何の用でしょうか。

あれは用心棒であり妓女ではないのでお引き取り願います。

あなた様みたいな不審な男を上げるわけにはいかなって言ってんだ。

はぁ？　顔も出さない、金も出さない輩《やから》をどう信じろって？　あぁん？

さすが花街一と言われた伝説の妓女、度胸と貫禄《かんろく》が半端ない。もはや輩である。

(おぉ、こりゃ押し返せるかも……ん？)

だが覆面の男は、囲まれた上に睨みを利かされても動じていない様で、臆《おく》することなく帰蝶の手に何かを差し出した。

巾着《きんちゃく》のようだ。

帰蝶は中身を見ると、急に口を閉ざした。

そして覆面男が、目から下半分を覆っていたそれをぱさりと取った。

（ん……？）

すると不思議な現象が起きた。

まず帰蝶は五秒程硬直して、そして目をぱちくりさせると、値ぶみするように不躾《ぶしつけ》にもジロジロとその男を眺めている。

一方、周りを囲っていた男衆の反応といえば様々である。

ある者は立ったまま石化し、ある者は昏倒《こんとう》し、ある者は乙女のように両手で頬をおさえてヘナヘナと膝《ひざ》をつく。

（なんだなんだ……？）

ここからでは、思ったより若い男のようだということしか分からない。

青年は外した覆面を再びつけると、いかがでしょう、と告げたのが聞こえた。

「しょうがない……。今部屋を用意しますから少しお待ちくださいな。——花林《かりん》！」

「はい」

団子を分けてやった禿の一人、花林が呼ばれる。

「部屋を用意しな。そんで雪花！　そこにいるのはわかってんだ。この御仁の話を聞いておやり」

覗いていたのはバレバレだったらしい。

「話が違うんですけど」

諦《あきら》めて出て行くと、帰蝶は手にした巾着を背後に隠して雪花に向き合った。

その際巾着から、ちゃりんちゃりんと重々しい音がしたのは気のせいではないだろう。

金の音には敏感な雪花である。

「今、隠したのはなんですか」

「さぁね。ほら、さっさと部屋の準備手伝ってきな。あんたに用があるんだってさ」

(買収されたな、おい)

その手のひらの返しようは一体なんだ。さっき、少しは感動した気持ちを返してくれ。

それに花林め。団子の恩を忘れたか。

「大丈夫、美男《イケメン》だったから」

帰蝶は親指を立てると、にんまりと笑顔を向けた。

まったく意味が分からない。

雪花は、深いため息をつくしかなかった。

店の中でも一番の上室に、謎の覆面男らは通された。付き添っているのは、雪花に斬りかかってきた今朝のすらりとした若者だけだ。

柳杞が相手をしていた、がたいのでかい男は来ていないようである。

（あーあ。わたしに用があるんだから、わたしにくれればよかったのに）

あのずっしりとした巾着、かなり入っていたに違いない。基本一見《いちげん》様お断りであるのに颯爽《さっそう》と中に通すし、高級茶まで出すとは。

茶を出す帰蝶をじとりと睨むが、全く気にする様子はない。ほくほくと上機嫌である。

「では、ごゆっくり」

何がごゆっくりだ。

懐が潤っているらしい楼主は、しゃなりしゃなりと機嫌よく退室していった。

部屋に一人残された（売られた）雪花は胡座《あぐら》をかいて頬杖《ほおづえ》をつきたくなったが、客の手前やめておいた。

仕方なしに目の前の野郎二人を観察することにする。

今朝とは違って二人は上等な衣に身を包んでいる。おそらく貴族か高官なのだろう。覆面男の方は上座に座り、もう一人の付き人は部屋の入り口近くに控えている。主人と従者といったところか。大したことないと雪花を評価してくださった従者様は、一見落ち着いているようだが、妓女の声が聞こえると緊張するのか体を強張《こわば》らせている。若いだけあって、まだこのような場に慣れていないのか。

一方覆面の御仁は嫌みなほど落ち着いていて、茶に手を伸ばすと、反対の手ではらりと覆面を外して茶器に口を付けた。

（……うーわ）

現れた顔に、なるほどねぇ、と雪花は納得した。

先ほどの玄関先で見た皆の様々な反応。男の査定には誰より厳しい帰蝶に、美男と言わせただけはある。

なんというか、人間のそれではなくて、神話とかに出てくる異次元の花の顔をお持ちである。黒曜石のような切れ長の瞳《ひとみ》に、美しい鼻梁《びりょう》。輪郭も恐ろしく整い、唇も形良く、やや厚みをもつ下唇が艶《つや》すら仄《ほの》めかしている。全て最上級の部品《パーツ》が、この上ないほど完璧《かんぺき》に配置されている。そんな顔に浮かぶのは、男女構わず惹《ひ》きつける淡い微笑である。鬼や女神さえも軽く騙《だま》してしまえそうな。

（養父並に綺麗《きれい》な顔をしているな）

だが淡い微笑に比べて、黒曜石のような瞳のなんとも冷たいこと。普通は様々な感情の色が映るはずのそれは、無機質なただの硝子《ガラス》玉の様である。

ほとんどの人は、あっけに取られる外見のせいで気づかないだろうが。

（これは、腹の中真っ黒だな）

養父や、今まで関わった人々を見ていて思うが、綺麗な輩に善良な奴はいないというのが雪花の自論である。そしてそれは、たいてい当たる。

　故に、雪花は美男がこの世の何より苦手であった。

「今朝は突然申し訳なかったですね」

　美しい男は声までも美しいらしい。

「わたしの名は紅志輝《こうしき》。その者は紅駿《しゅん》」

　雪花は表情にこそ出さなかったが、面倒事だな、とやや目を伏せた。

　この国には、古《いにしえ》の王より直に姓を与えられたという五つの貴族がある。

　その一つが、紅一族である。

　その一族が自分に何の用があるというのだろうか。どうも、きな臭い匂いがする。できればお偉いさん方には関わりたくないのであるが。

「あなたの名前は、雪花、でしたか」

「……玄雪花と申します」

「腕前は中々のものですね。誰から教えを？」

「養父から」

「借金こさえて行方をくらました？」

　調べてるなら聞くなよ、と睨《にら》みつけると、それが分かったのか皮肉気な笑みを返された。

　いくら綺麗でも腹がたつ野郎である。

「そう邪険にしないでください」

「目つきが悪いのは元々ですので」

「せっかく可愛らしいのに勿体無《もったい》いですよ」

「身軽な猿に可愛らしいも何もございませんよ」

今朝方猿と呼んだくせに何を言う。

「猿でも、飾れば可愛くなるものですよ」

「面白いことを言いますね。猿がなにをしようが、猿以上にはなれませんよ」

誰かが舞踏を披露しているのであろう、雅《みやび》やかな音楽が聞こえてくるが、この部屋に流れているのは冷え切った空気だけである。

駿と呼ばれた男は、生意気な雪花を遠くから睨みつけているが、そんなもん知ったこっちゃないので気づかないふりをする。

雪花に対して愛想もないのかと暗に咎《とが》めているのだろうが、人を猿呼ばわりする男にそんなものこれっぽっちもない。ただでさえ、雪花の中に愛想なんてものはほとんどないのに。

気分を害して帰ってくれればよいのにと願うが、志輝はなぜか面白そうに喉奥《のど》で笑っている。

「……そろそろ要件を教えていただいてもよろしいでしょうか」

「せっかちですね」

「高貴な方と話をするのは慣れていないもので」

「なら、慣れてください。わたしはもっと話がしたいです」

「ははは、ご勘弁を。身の程は弁《わきま》えているほうなのでご容赦ください」

「わたしは気にしません」

「いえいえ、わたしが、気にしますので」

さっさと帰れ、と言っているのになぜ通じない。どうして更に笑い出す。思った以上に粘っこい奴だ。たちが悪い。

「嫌われるのは不本意なので、とりあえず本題に移りましょうか」

もう嫌いだよ、と突っ込みながら、とりあえず居住まいを正す。

忘れていたが、どんな奴でも客は客である。

「あなたに、後宮で用心棒をしてもらいたいのですよ」

「……後宮」

「そうです。とある妃《きさき》の護衛をお願いしたい」

後宮か……、やはりキナ臭い。

雪花はまつ毛を伏せた。

規模こそ違うがここととなんら変わらない女の園。しかし後宮は政治色が強く、一人の男の寵愛《ちょうあい》をめぐって愛憎劇が繰り広げられる場所である。

そんな場所でやらされる仕事など、絶対にろくなものでない。断ることにする。

「お断りします」

「まぁまぁ、そう言わず」

「大体なんでわたしなんですか」

そう問えば、志輝は茶器を置いてにこりと笑った。

「噂に違《たが》わずあなたが強いからです。そこにいる駿は、腕が立つ方なんですけれどね」

「……あれは、少し油断しただけです」

ものすごい敵意むき出しの空気を部屋の入り口から送られて、雪花はうんざりとした目を返しておいた。

そもそも襲ってくる側が油断するなよ。女だからってなめてかかっただろ。

口に出していないはずだが言いたいことが伝わってしまったようで、駿が気色ばんだ。

それに気づいた雪花は、見なかったことにして素早く背を向ける。

こいつも志輝と同じく邪魔臭い奴だ——種類は別系統であるが。

雪花はコホン、と咳《せき》ばらいした。

「あのですね、他にも同業者はたくさんいますよ。それも綺麗な人たちが。そっちのほうが見栄えも愛想も良くてお妃様にとってもいいと思います。なんなら紹介しますよ。絶対に、そのほうが良いと思いますよ」

お願いだから他を当たってくれ。そしてさっさと帰ってくれ。

そう念を込めてみたが、志輝は納得するどころか面白そうに口端を持ち上げて「二つ目の理由は、そういうところです」と答えた。

「は、意味がわかりません。何がですか、どこがですか」

怪訝《けげん》そうな顔をして問えば、志輝はくすくすと笑った。一体何が面白いんだ。

「別に綺麗さは求めていません、目立つだけです。そんなことよりも素直な女性が良い、ということですよ」

「？」

まったく意味が理解できずに、雪花は怪訝そうな表情のまま首を捻《ひね》る。とりあえず、暗に地味と言われた事だけは分かった。

「だってあなた、嘘がつけないでしょう？　先ほどから会話して思いましたが、全部表情に出ますよね。そういった方のほうが信頼できるものです」

「……いえ、嘘くらいつきますけど。ものすごくつきますけど」

「ではお聞きしますが、あなた、わたしのことが苦手でしょう」

「はい――あっ」

即答してしまってから、しまった、と雪花は自分で口を押さえた。何を馬鹿正直に答えてしまったのだ。

雪花の背後から「おまえっ」と駿が怒った声をあげている。しかし目の前の貴人は気分を害すどころか声を殺して笑っていた。両肩が小刻みに震えている。

（……だから、何がそんなにおかしいんだ）

雪花は眉《まゆ》をひそめた。

普通、他人から苦手だの嫌いだの言われたら多少は気分を害するだろう。

志輝はようやく笑いをおさめると、駿を片手で窘《たしな》めた。そして、はぁ、と一息つく。

「だから、そういう正直さですよ。分かりませんか」

誰が分かるか、とまだ笑いを引きずっている志輝に雪花は胡乱《うろん》な目を向けた。

志輝が自分に向けた言葉をまとめるとこうだ。

強い、目立たない（＝地味）、馬鹿正直。

こんなので誰が仕事を引き受けるというのか。まあ強いと評価してくれたのは良いとして、残りの二つはいまいち納得がいかない。事実なのだが、何か癪《しゃく》に障る。

「腹の内が読めない者よりよほど信頼できます。彼女も気に入るでしょう。どうです、引き受けて頂けますか」

「いえ、お断りします」

雪花は間髪をいれず、もう一度きっぱり断った。

そしてもっともらしい理由を突きつけることにする。

「あなた様がどう仰《おつしや》ろうと、生憎《あいにく》、今わたしはここの預かりなんでね」

いわば雪花は質である。雪花を連れ出すには帰蝶の許可を取らないといけない。もちろん、帰蝶が納得するだけの見返りも添えて、だ。

さすがに諦《あきら》めるだろうと、ふふんとほくそ笑んだ雪花はまだまだ甘かった。

志輝も、茶器に手を伸ばしながら目を細めた。その目の奥が、意地悪く光る。

「それがですね、楼主殿は良いと仰ってましたよ」

「は？」

「報酬の代わりに、わたしが借金を全額返済すると言っておいたので」

してやったり。志輝はそう言わんばかりに、無駄に煌《きら》めく笑顔を雪花にむけた。

（やられた……！）

初めから自分に拒否権などないではないか。それに、借金を肩代わりしてもらっても、払う先が目の前の男になっただけである。

涼しい顔してお茶を飲む貴人を、恨めしく睨《ね》めつける雪花であった。

二章

紅志輝《こうしき》は思った以上に、自身の気分が良いことに気づいていた。

彼女——雪花《せっか》に出会ったのは、本当に偶然であった。

最近頭を悩ませる案件ばかり続いており、それを簡単に押し付けてくる上司や、一癖二癖ある高官の狸どもを黙らせる日々にうんざりしていた。無論、今までもそう変わりはなかったが、今はとある問題を更に抱えながら動いているのだ。さすがに有能と称される志輝ですら疲れは溜《た》まる。

宮中という魑魅魍魎《ちみもうりょう》のひしめく中で生き残るためには、常に神経を張り詰めらせ、一挙手一投足間違いは許されないのだ。

ひと息つこうと珍しく休みを取って、城下に繰り出した途中のことだ。この、少年と見紛《まご》う彼女に出会ったのは。

行きつけの刀鍛冶屋《かたなかじ》に寄っている最中に現れた娘。胡服《こふく》に小柄な身を包み、髪は無造作に一つに結っただけの、まだ年端もいかぬ少年だと思った。喋《しゃべ》り方も男のようにさっぱりしたものであったから。

どうやら彼女は常連で、店主とは顔なじみのようだった。てっきり誰かの使いだと思っていたが、まさか彼女自身が使い手だとは思わなかった。

店主から話を聞くと、訳あり娘だというが腕は恐ろしく立つとのことだった。

名は玄《げん》雪花。父親の借金の肩代わりに、一、二年前に妓楼《ぎろう》に売られたという不憫《ふびん》な娘。

しかし仕事は妓女ではなく、まさかの女用心棒。当時、瞬く間にその噂は流れて彼女に注目が集まった。どこにでも好き者や馬鹿はいるもので、彼女に手を出そうとしたり、腕試しといって襲い掛かったりした者が何名かいたらしい。だがその結果、見事に返り討ちにされてしまったという。そして、彼女が一目置かれるようになった事件がある。

以前花街に、お忍びで来られていたやんごとなき貴人がいたらしい。その貴人は花街の往来で突如謎の集団に襲われ、雪花の務める妓楼へ血まみれになって逃げ込んできた。当然追ってきた男たちも乗り込もうとしたが、それを阻止したのが雪花なのだという。もう一人応戦した男衆がいたが、斬られてその場で命を落としたらしい。

結局応援を待たずに一人で、雪花は大の男を三人相手にして仕留めたというのだ。それ以降、雪花にちょっかいを出す輩《やから》はぴたりと止《や》み、代わりに決闘を申し込まれるとかなんとか。

面白い、と志輝は思った。

願ってもない人材が、こんなところにあったなんてと。期待外れなら仕方がない、適任者を他に探せば良いだけのことである。まずは自分の目で確かめようと、志輝の行動は早かった。

部下二人に彼女を襲わせ――まさか駿《しゅん》が張り倒されるとは思わなかったが、素晴らしい動きであった。体が身軽だからか、それこそ舞踏でも舞っているように美しかった。思わず見惚《みと》れ、知らずのうちに口が弧を描いていた。自ら試すつもりはなかったが、つい動いてしまったほど、志輝の中にある何かを動かされた。

腕が確かなら、あとはこちらに来てもらうだけである。

魅惑的な美貌《びぼう》を持つ楼主には少々料金を上乗せされた気がしなくもないが、彼女を貸し出す、という条件で了承してくれた。役目を終えたら必ず返すようにと。

そして、そのことを目の前にいる娘に告げたところ、一瞬にして頬を引きつらせて自分を睨めつけてきた。

(本当に面白い)

口角が上がるのを止められない。何か言いたげに駿が見ているが、気に留めないことにする。

雪花みたいに正面切って睨《にら》みつける女は、一部を除いてそう多くない。姉と友人くらいなものだ。

志輝の完璧《かんぺき》な美貌と、それに似合う優雅で美しい立ち居振る舞い。穏やかで丁寧な口調。しかし心の底にあるのは、絶対零度の冷たさだ。どれだけ周りを蹴落《けお》とし、利用してきたか。それでも女たちは嫌という程群がる。

基本的に志輝はそれを望まないし、寄せ付けない。だからといって女にまったく興味がないわけでもなく、欲を吐き出すためだけに一夜限りの関係を持つくらいのことはある。だがそれだけ。淡白なのであろう。周りが奇異な目で見ていることも知っているが、興味がないのだから仕方がない。だからといって、男色家ではない。時折この容貌のせいで男に色目を使われることがあったが、滅んでしまえばいいと思うくらいに寒気と虫酸《むしず》が走る。

そんなこんなで男女問わず人目を引く志輝であるが、まさか塵芥《ちりあくた》を見るような視線を真っ向から向けられるとは思わなかった。そして、それをなぜか愉快に感じていることも不思議である。

「……それは、あなた様に売られたということなんですかね」

心底嫌そうに、半ば遠い目をしながら雪花は尋ねた。

不快さを隠そうとしない姿に、くつくつとまた笑いが零《こぼ》れる。

これは、確かに妓女としては向かぬであろう。正直すぎる。

「いえ。それでもわたしは良かったのですが、短期雇用という形になりました。仕事が終わればこちらにお返しします」

「え、でも借金の返済は……」

「仕事をこなしてもらえたなら、チャラにしますよ」

それを聞いた雪花は大きく目を見開いて、本当ですか！　と声を張り上げた。

志輝は茶器を持ちながら、びっくりして体を半分反らした。

「……本当ですよ。そんなに嬉《うれ》しいのですか？」

「そらもう！」

雪花はぐっと前にのめり込んだ。

ただでさえ大きい目が見開かれている。今気づいたが彼女の虹彩《こうさい》は不思議な色をしていた。琥珀色《こはくいろ》というのだろうか、揺らめく光の加減で金色にも銅色にも変化している。

吸い込まれるように見つめていたが、突然彼女は両の拳《こぶし》を握ると、俯《うつむ》いて何やらぶつぶつと言い始めた。

「養父の借金に追われて早幾年。勝てないくせに賭博《とばく》好きだし女好き。顔と口だけはいいから女性は寄ってくるしお金は借り放題。だけど終《しま》いには手を出した先の亭主や恋人から訴えられるわ、賭場からは殺されかけるわ、そんなこんなで各地を転々としてたら、気づいたら借金まみれ」

借金の理由までは知らなかったが、なるほど、なかなか強烈な生活を送ってきたようだ。

徐々に拳に力がこもっていくのが見て取れる。

「そんでついに借金取りにとっ捕まって、なぜかわたしが妓楼に売られて。わたしは借金なんてしてないのに、いつの間にか質に。その間に養父は逃げるし。ああもう、顔だけのハリボテ野郎なんてこの世から滅んでしまえと何度思ったことか。でもまぁ、ここでの暮らしは思ったより快適だったんですよ？　いきなり夜中に透け透けの服着た女性が押しかけても来ないし、一緒になってくれないなら死ぬとか言って号泣しながら包丁突きつけてくる人もいないし、離縁切り出された男たちが徒党組んでやってくることもないし、金貸しに追い回されることもないし、食事に困ることもなくなったし。——あぁ、地道にここで借金返していこうって思ってた、その矢先に！」

ダンッと、雪花は畳を叩《たた》いた。

思わず、志輝と駿がびくりと肩を震わせる。

「今度もまた！　得体の知れない男に！　それも、一番嫌な美男に売られるだなんて!!　普通の一般人なら良かったのに、どこまでついてないのかと自分の人生を呪いたくなって」

ちらりと哀れみのこもった、駿の視線を感じる。

言っておくが、この容姿は生まれついたものであって、選べなかった自分に非はない。

言葉を途切れさせた彼女にどう言葉をかけるか考えていると、突然彼女は、がばりと面《おもて》をあげた。

「でもまさか！　借金を肩代わりしてくれるなんて……！　生まれて初めて美男をほんっ

っの少しだけ、認めてもいいと思えました！」

嬉しさ満載の笑顔を向けられ、再び笑いがこみ上げてくる。こんなにころころ表情が変わるものなのか、と。

大体男嫌いなら聞いたことはあるが、なんだ、美男嫌いって。

震える口元を手で押さえながら、志輝はでは、と話を元に戻した。

「交渉成立でよろしいですね」

「はい。ではええと、紙に契約内容だけ書いて判子もらえますか？　今の話なかったことにされたら困るので」

用意周到な雪花に、志輝は今度こそ笑いを堪《こら》えきれず噴き出したのであった。

契約が成されてから、紅志輝の行動は迅速なものであった。

三日で荷物をまとめておくようにと言われ、本当に三日後には妓楼に使いの者が雪花を迎えに来たので驚いた。

楼主は初めこそ乗り気であったが、何か思うことがあるのか、これでよかったのかねえなどと抜かしている。金をせしめといて何を言っているのやら。もしや、これ以上貴人からむしり取ろうとしているとしたら、恐ろしい限りである。

妓楼の人たちには、とりあえず一仕事してきますとだけ告げて馬車に乗り込んだ。

馬車の中には使いの者――先日雪花に斬りかかってきた紅駿が、目の前で不機嫌そうに座っている。紅姓を名乗るということはそれなりの身分なはずなのに、こんなところまで足を運んでくれるとは少々意外であった。

駿は雪花と同い年くらいであろうか。少年の域を出て間もないのだろう、背は高いがまだ体の線が男にしてはやや細いように感じる。それでも侮られないためだろうか、肩を怒らせていて、力が入りすぎていて見ているこちらが疲れてくる。ちょっとは力を抜けば、と言ってやろうか。

それに正面切って睨まれているというのは、いくら雪花であっても気分を害される。鬱《うっ》陶《とう》しく思いながら、雪花は窓の外に視線をやって無視することにした。

それなのに。

「……この間のことだが、あれで勝ったとは思うなよ」

この台詞《せりふ》である。こいつ、どうやらあの件を根に持っているらしい。

「もちろんです。あれはあくまで腕試し。駿様が本気だったとは思ってはおりません」

とりあえず丸く収めて流してしまおう。

すると何が気に入らなかったのか、駿はさらに眉間《みけん》に皺《しわ》を寄せた。

「おまえだって手加減していただろう」

「それは……。茶番だと思いましたので」

「なら、今度勝負しろ」

「はい？」

「あのままだとおれとて後味が悪い。たとえ手加減したとはいえ、女に負けるだなんて一生の恥だ」

「……誰にも言いませんよ。それにわたし自身も別に勝ったとかそういう風には」

「言わなくとも、志輝様には無様な姿を見られただろうが。汚名返上したい」

ああもうややこしい。熱血漢か。

「……わかりました」

「必ずだぞ」

あぁ、面倒くさい。

どうにかのらりくらり躱《かわ》すしかないなぁと、雪花は再び窓の外の景色を眺めた。

馬車が屋敷前で止まり降りようとしたが、先に降りた紅駿が顔を顰《しか》めて立ち止まった。

そして少し待て、と止められて扉と窓を閉められた。

なんなんだ。

なにやら外からは声が聞こえるが。

雪花はこっそりと窓を開けると、そこから両目を覗《のぞ》かせた。先日から覗き見してばかりいる気がする。

「――志輝！　あなたどういうことなの⁉」

「どういうこともなにも、おじ上にお聞きしたでしょう」

どうやら門前で、麗しき志輝を女が引き留め何か問い詰めているらしい。

女の横顔しか見えないが、きつい眉《まゆ》が印象に残る、ばっちりと化粧を施した三十代くらいの女性である。髪を綺麗《きれい》に結いあげ、少し残した後れ毛が色気を醸し出している。

「これはわたしでなく、一族が下した判断ですよ」

「実際は当主であるあなたがでしょう！　ねえ志輝、わたしを切るというの？」

女が縋《すが》るように彼の服の袖《そで》をつかむが、志輝の甘く淡い微笑は変わらない。感情の一切をその綺麗な微笑を纏《まと》うことで隠しているのだろうが、その目は笑っていない。

女は分かっているのだろうか。刃《やいば》の切っ先を向けるように、冷ややかな視線が自分に向けられていることに。

「わたしは前もって忠告したはずでしょう。火遊びはいい加減にしておきなさいと」

志輝は丁寧な動作で彼女の手を取る。

女が目を潤ませて、志輝の胸にしなだれ掛かる。

「だって、あの男はわたしを放って置くのだもの。それにあの男じゃ全然楽しくないの」

「おじ上はあなたを愛しておられましたよ。だからわたしも少しは目を瞑《つぶ》ってきたではないですか。不貞を繰り返すあなたに。それに嫌なら離縁すればよかった」

「酷《ひど》いことを言うのね。放り出されたわたしはどうすれば良《い》いの？」

すると志輝は嗤《わら》った。冷酷に、全てを凍《い》てつかせるように。

そこで女はようやく気付いたようだ。その視線に射殺されたように、動きを止める。

「あなたの行き先はいくらでもあるのではないのですか？　まだ不貞だけなら目を瞑れたでしょう。だがあなたは紅家の情報と引き換えに、金銭までも受け取っていた。あなたが豪遊して作った借金の存在を知らないとでも？」

女の顔がみるみるうちに強張《こわば》っていく。

志輝はさらに畳み掛ける。毒のような甘い声で。

「もう一度言います。去りなさい、おば上。金のことはおじ上がなんとかするでしょう。ただし、家を裏切ったあなたに居場所はない。それとも、借金を返すために妓楼《ぎろう》にでも売りましょうか。大した額にはならなそうですが、未亡人や元貴族は偏執的な方々には人気らしいですよ」

「志輝……」

女はわなわなと体を震わせると、平手を志輝に振りかざしたが、志輝はそれをやすやすと受け止めた。

そして強い力で振り払う。冷酷な目が彼女を竦《すく》ませる。

「あなたは今後一切紅家の敷居を跨《また》ぐことはできませんし、紅姓を名乗ることも許されません。さて、わたしはこれから大事な予定があるのです。そろそろお引き取りを」

「志輝、志輝待ってわたしは――！」

「いいですか。最後にもう一度言いますが、今後紅家に近づけば命はないと思いなさい。一族はそう見ていますよ」

「っ！」

「さようなら、おば上」

圧倒的に冷ややかな威圧感。美人が冷気を纏うと恐ろしいことを忘れていた。

女は青いのか赤いのかわからぬ顔色で馬車に乗り込むと、すごすごと帰って行った。

（こえー……）

今更後悔しても遅いが、どうやら恐ろしい奴に売られてしまったらしい。どうしよう、もはやどうしようもないのだけれど、どうしよう。

変な汗を背中にかきながら固まっていると、その怖い男が自分を覗き込んでいた。

わっと驚き馬車の中であることを忘れて飛び上がると、鈍い音が響いた。不覚にも頭をぶつけてしまった。

「覗き見はいけませんねえ」

頭を抱えていると、くつくつと笑いながら扉を開けてくれる。

「頭をぶつけたのですか。見せてください」

「なんともありません。大丈夫です」

「客人に怪我があってはいけませんから見せなさい」

命令するあたり、客人と思ってないだろう。おい。

腕を摑《つか》まれ引っ張り出されると、嫌だと言っているのに頭を手で固定し上から覗かれる。

「なんともないですね」

だからそう言っているじゃないか。

早く手を放しやがれ。

「綺麗な髪をしていますね」

「志輝様には及びません。放してください」

こいつは男であるはずなのに髪までも美しいのだ。癖なく真っ直ぐで、絹のように艶《つや》やかで。

神様は性別を間違えたんじゃなかろうか。

とりあえず睨《にら》みをきかすと、志輝は楽しそうに笑いながら退いてくれた。

「嫌なところをお見せしました」

「あなた、当主だったんですか」

「ええまぁ一応。さあ、立ち話もなんですのでお入りください」

そう言って志輝は、雪花を屋敷の中へと案内した。


この国には五家と呼ばれる名門貴族がいる。

かつてこの国を統一した初代王から、紅《こう》、蒼《そう》、姫《き》、皛《はく》、黎《れい》の姓を与えられた五つの一族たちのことである。

ここはその中の紅家をまとめる当主——紅志輝が住まう屋敷。さすが五家の一つだけあって、造りも立派なものだ。

置かれた調度品も品がよく、鮮やかでありながらも派手すぎずに洗練された美しさ。

しかし目の前に座る主人がそれらを霞《かす》ませてしまうほどの美麗な存在であるがため、丹精込めて作り上げたであろう匠《たくみ》の作品たちも可哀想なものである。

どれか一品くらいもらえないかなあと、出された茶を啜《すす》りながら雪花は眺めていた。

売り払ったら結構な値が付くに違いない。

「ようこそ来てくださいました」

「どうも」

行く選択肢しかなかったではないか、というのは言わないでおく。

借金返済のためには仕方がない。

「今日は覆面をつけていないのですね」

「あれは出かける時だけですよ。色々と面倒なもので」

まぁそりゃそうだろう。こんな美丈夫が街中でうろうろしていたら、注目浴びまくりの声も掛けられまくりであろう。一騒動どころか大騒動に発展しかねない。雪花としては、ここでも覆面なり仮面なりしておいてもらいたいところだ。こんな眩《まばゆ》い顔と向き合うのは落ち着かないし、何より同じ系統の養父を思い出すからである。

——ああ。でもそうか。次に養父を見つけたら覆面でもつけてやれば少しはマシかもしれない。

「菓子はお好きではありませんか?」

出された饅頭《まんじゅう》や煎餅《せんべい》に雪花が手をつけていないことに気づき、志輝は首を傾げた。なかなか目ざといお方である。

「申し訳ありませんが、あまり」

甘いものは苦手だ。昔はよく好んで食べていたが、ある頃から嗜好《しこう》品は酒とつまみに変わっている。

「煎餅だけ頂きます」

大体輝かしい美人を前にして、食欲も湧かないものである。甘いのは目の前の微笑で十分だ。とりあえず饅頭より辛そうな煎餅だけかじることにした。

「では他のものを用意させましょう」

「いやいや結構です。お気遣いなく。元々食は細いほうなので」

「……それは確かに」

人の体を不躾《ぶしつけ》にみてしみじみと呟《つぶや》くな。これでも、女にしては鍛えているほうだ。

「ならもっと食べたほうが良いのでは？　何がお好きですか」

「は？」

「食べ物です」

「あー……甘いもの以外であればなんでも。酒が好きです」

「食べ物じゃないですよ、それ」

志輝はおかしそうにくつくつと笑う。

なら今度晩酌に付き合ってもらいましょうか、などと言ってくる。御免被る。

あんたと飲んだら酒が果汁に変わりそうである。

「失礼ですが、あなたはおいくつなんですか？　そんなに酒を飲むような年齢ではないでしょう」

「十七ですが」

「……随分と若くお見えになりますね」

「それはどうも」

ものは言いようである。要するにもっと餓鬼だと思われていたのだろう。実るところも実らず、身長も伸びずに悪かったな、と心中で嗤う。志輝はそれを聞くと、なにやら考えるように顎《あご》に手を添える。

「護衛してほしい貴妃《きひ》と年が近いですね。ちょうどいい。気も合うかもしれませんね」

「は？　ちょっと待ってください。今、貴妃と仰《おっしゃ》いました？」

妃《きさき》とは聞いていたが、貴妃だと？

雪花は煎餅をお茶で流し込んだ。

「そろそろ仕事の話でもしましょうか。あなたは、後宮の仕組みはご存じでしょうか」

「……あまり詳しくは知りませんが。確か……貴妃、徳妃《とくひ》、淑妃《しゅくひ》、賢妃《けんぴ》の四夫人、その下が九嬪《きゅうひん》、それ以下は下級姫《き》でしたか」

「その通り。今回護衛をしてもらいたいのが、貴妃——蘭瑛妃《らんえいひ》なのです。聡明な妃です。公にはしていませんが、彼女は最近何者かに命を狙われています。毒を盛られることも多々ありましたが、先日散歩中に弓矢で狙われました。最近はえらく派手になってきましてね」

さすが後宮。怖い場所である。

しかも毒も多々って……よく生きているな、お妃様。紅志輝という人物をよくは知らないが、先ほどのやり取りをみる限り相当頭が切れ、やり手であることくらい理解しているつもりだ。若くして紅家当主という立場に据えられるほどに。その彼が聡明《そうめい》と評価するとは、その妃も中々の強者なような気がする。

「あの。わたしでなくとも、他にも適任者はいるのでは？」

「確かに、腕の立つ者はいますよ」

「なら、」

「でも、あなたのように信頼できる者はなかなかいない」

志輝は片方の唇を持ち上げた。

「蘭瑛妃は用心深いのです。そして何より勘がいい」

「……周りは疑わしき者ばかり、ですか」

「そういうことです。後宮ですから」

「一つ質問させてもらっても？」

「なんでしょう」

「なぜあなた様が依頼を？　お妃様は紅家の出なのでしょうか」

「いいえ、彼女は姫家の方です。まぁ幼なじみのよしみですがね。それもあって、今回は陛下からわたしに相談がきたのですよ。キナ臭いから調べろと。これでも一応、側近なんていう大変面倒迷惑極まりないことを押し付けられているもので」

今、さらりと大変失礼なこと抜かさなかったか、この人。

涼しい顔して茶を啜る御仁に、雪花はひくりと頬を引きつらせた。

「そういうわけでよろしくお願いしますね。あなたは侍女として後宮入りしてもらいますので。一応わたしも探っている途中ですので、この件が解決次第任務終了という形でよろしいでしょうか」

「はぁ。それは構いませんけど」

「話はまとまりましたね。では後宮入りする上で知識も必要でしょうから、その手の講師がちょうどいますので学んでください。――杏樹《あんじゅ》、よろしくお願いしますね」

先ほどから部屋の隅に控えていた、白髪を綺麗《きれい》に結い上げた初老の女性に志輝は声をかけた。

「もちろんですとも。久しぶりに腕が鳴りますわ。後宮で立ち回るのはちょっとしたコツがいりますからね」

部屋に通された時から物言いや仕草にも上品さが表れているなとは思っていたが。ああ、なるほど。元後宮勤めの熟練者でしたか。

笑うと目元がくしゃりとなって可愛いなぁと思ったが、そう言われるとその目の奥が光っているような、いないような……。

「さぁ、期間は短いですわ。別室にてお勉強をいたしましょうね」

ここは狐の住処《すみか》か。どいつもこいつも顔に笑みを貼り付けて怖いもんだ。二人に挟まれ逃げ場のない雪花は、お手柔らかにお願いします、とだけぼそりと呟いたのであった。


「杏樹。いかがですか、あの娘は」

夜も更け、持ち帰った仕事を自室で処理していると、杏樹が茶を運んできた。筆を一旦《いったん》置いて鬱陶《うっとう》しい髪をかきあげる。

杏樹に雪花を任せて今日で三日目。そろそろ仕上がってきただろうか。

「ふふふ、淑女としての振る舞いはほぼ皆無ですが、まぁ間に合うでしょう」

「そうですか」

「ですがあの娘、教養についての飲み込みは意外と早いですね。本当に知らないこともあるのでしょうけれど、どことなく確認作業をしているようにも見えますねぇ」

「確認作業ですか……」

茶を受け取り、ものが散乱した机の隅に置かれた書簡を見る。玄雪花という人物の報告書である。その素性は普通といえば普通である。けれども、養父に拾われる以前のことに関しては一切の情報はなく、孤児であったということだけ記されていた。それにしては文字の読み書きに不自由しているわけではないし、持ってきた荷物の中に算盤《そろばん》があったところをみると金銭の計算も十分可能とみた。

（紙に穴が開くほど契約書の金額を見ていたし。頭で算盤を弾《はじ》くことくらい簡単なのだろう）

分かっているのは、金に関してはおそろしく敏感で、顔だけのはりぼて野郎は死ぬほど嫌いということくらいか。

養父の存在も、流れ歩いていたためか詳しい情報が入ってこない。腕だけは確かなようであるが……。

（何かわけありなのか、ただ本当に情報がないだけなのか）

だがどんな過去があるにせよ、自分のことを虫扱いする目で見返してくるのは、なかなか貴重な存在である。この顔に周りが色んな意味で惑わされるのは慣れたものであるが、やはり煩わしいものは煩わしい。雪花のように真正面から嫌い、苦手、近づくな、という空気を分かりやすく出してもらっているほうが、新鮮で面白い。

もし、この顔を切り刻んで醜くすれば、あの娘はどういう反応をするであろうか。

「志輝様？　悪い顔をしていらっしゃいますよ」

「紅家の人間は代々悪人顔ですから」

「あなた様の場合は凶器になります」

「それも見るものが見れば、ただのハリボテらしいですよ」

怪訝《けげん》そうな顔をする杏樹を他所《よそ》に、志輝は笑いを堪《こら》えながら再び報告書に目をやる。

（もう少し深くまで調べてみるか）

時間がかかるかもしれないが、釣りをするにはもう少し時間がある。その間の暇つぶしくらいにはなるかもしれない。

志輝は報告書を机の引き出しに片付けると、杏樹が出してくれた花茶《はなちゃ》に手を伸ばした。


雪花は杏樹に徹底的にしごかれた後、すぐに後宮に放り込まれた。

あの優しげな老女の姿はやはり見かけだけであって、鬼も逃げ出すであろう程の厳格教育であったことは言わずもがな。二度とお世話になりたくはない。

さて、話は戻るが後宮に住まう四夫人の各々には宮が与えられる。

それぞれ東西南北の配置にちなんで北蘭宮《ほくらんきゅう》・南桜宮《なんおうきゅう》・東梅宮《とうばいきゅう》・西菊宮《さいぎくきゅう》があり、蘭瑛妃は北蘭宮の主人であった。

「話は伺っています。どうぞよろしくお願いします」

蘭瑛妃は雪花が想像していたお方とは少し印象が違っていた。

髪の色は色素が薄いのか、漆黒ではなく灰茶色をしており、大きな猫のような瞳《ひとみ》は灰色だ。小柄なこともありぱっと見は幼そうにみえるが、口元にある小さな黒子《ほくろ》が妙に色っぽい。それに加え、童顔を裏切る豊満な胸元。ある意味倒錯的なお方である。

これで雪花より二つ上だというのだから驚きである。美女ならぬ美少女か。年齢的には美女と呼ぶのだろうが。さすがあの貴人の顔なじみなだけある。

それでもって目上であるにも拘《かか》わらず、丁寧に礼などされるから雪花は慌てた。

「こんな目下の者に頭など下げないでください」

「いいえ、これから護衛して頂くのだから当然ですわ。それとも目上や目下など礼の前に必要だとお思い？」

ふふふ、と笑っているがなぜか怒られている気分になる。

「申し訳ありません。蘭瑛様は言葉通り軟禁状態でして、少し機嫌が悪いのです」

雪花の横で、侍女頭の明明《めいめい》がぼそりとつぶやく。

どうやら外出禁止を、陛下から直々に言い渡されたらしい。

まぁ、命を狙われ犯人も分かっていないのだから当然である。ましてや、蘭瑛妃は陛下の寵妃《ちょうひ》だと聞いている。

「あら、明明。今何か言ったかしら」

「いいえ。蘭瑛様の空耳でございましょう」

「わたし、耳は良い方よ」

「どんな噂でも拾ってしまう地獄耳ですね」

「情報収集だと言ってちょうだい」

「まぁこんな風に、ぶつくさ言われるのは日常茶飯事なのでお気になさらないよう」

「思いっきり聞こえてるわよ、明明」

蘭瑛妃はぶすっと頬を膨らませ、口を尖《とが》らせる。妃らしからぬ態度であるが、なんせ美少女なだけあってどんな悪態をつこうが可愛らしい。

侍女頭の明明は常に感情を自制しているようで言葉数も少ないが、雪花に対して意外と丁寧に仕事内容等の説明をしてくれる。蘭瑛妃とは元々顔馴染《かおなじ》みで、彼女が後宮入りする際に共に連れてこられたそうである。

「そういう子供じみた態度はおやめ下さいと何度も申し上げているでしょう」

「他所ではボロだしてないんだからいいじゃない」

「猫かぶりだけはお上手なのは確かですが、何処《どこ》に目や耳があるかわかりませんので」

「分かってるわよ」

「それなら良いのです」

「明明の小言は置いとくとして」

置いておくのか。

「雪花。あなたの話を聞かせてよ」

「はぁ」

にっこりと蘭瑛妃は笑った。

なにを聞きたいというのだろう。

「あなた、おいくつ？」

「十七になります」

「わたしと二つ違いね。出身は？」

「わかりません。孤児であったところを養父に拾われましたので」

「まぁ、そうなの。ではいつから用心棒を？」

「十歳を過ぎた辺りから、でしょうか」

「そう。強いの？」

「どうでしょうか」

「でも、あのガキを負かしたって聞いたわよ」

「？」

「あぁ失礼。志輝にくっついてるぎゃんぎゃん騒ぐ駄犬のことよ」

「蘭瑛様。言い直した方が余計に失礼です」

眉間《みけん》に皺《しわ》をよせながら、明明は静かに窘《たしな》める。

もしや、紅駿のことをいっているのだろうか。

「だってあいつ、昔から色々と失礼なんだもの」

「あなた様も相当失礼だと思いますが」

「向こうがことあるごとに喧嘩《けんか》売ってくるんだもの」

「それは蘭瑛様がことごとく、口で泣かしてきたからですよ。恨みも買って当然です」

「そんなことないわよー。向こうが勝手に泣くんだもの」

「女性恐怖症になってしまった原因は間違いなくあなたですよ」

「あらそうなの。可哀想にねえ？」

ねぇ、と言われてもどう答えろと。雪花は曖昧《あいまい》に微笑むだけにとどめた。

さすがあの貴人の知り合いだけあって、この妃、一筋縄ではいかなそうである。

そういえば紅駿が妓楼《ぎろう》にやってきたとき、そわそわしていたのを思い出す。

女性恐怖症なら、ああいった場に免疫がないのも頷《うなず》ける。

（やっぱり童貞だったのかな）

それからも蘭瑛妃の質問攻めは夕餉《ゆうげ》の直前まで続いた。

「わたしも同席するのですか」

「わたしの護衛なんでしょう？　いいじゃないの」

どうやら陛下は基本、時間が許す限りは蘭瑛妃のもとで夕餉を共にしているらしい。

彼女を寵愛しているという噂はどうやら本当のようだ。まぁなんせ非常に魅惑的なお方であるしな、などと男の気持ちになればわかる気もする。

そんなこんなで準備など慣れない作業を側で教わっていると、あっという間に陛下は現れた。

「ああ。おまえが志輝の言っていた護衛か？」

「はい」

「……小さいな」

王は冷え冷えとした剣呑《けんのん》な目つきをしていた。眼光は鋭く、他者を圧倒する。加えて長《ちょう》軀《く》であるから、上から見下ろされればなかなかの迫力である。

凜《り》々《り》しい精悍《せいかん》な顔立ちをしており、美麗さを併せ持つ志輝とは違った空気を醸し出している。

「まあ陛下ったら。雪花がびっくりしてしまうじゃないですか。ほらほら、さっさと座ってください」

「……………」

「陛下？」

「……失礼した」

　探るような瞳が向けられていたが、蘭瑛妃の言葉に視線を逸《そ》らして椅子に腰かけた。

「どうかされました？」

「いや、なんでもない。珍しい目の色をしていたものでな」

　なんだ、自分の目の色か。

　確かに少し変わった色をしているが、最近ではあまり言われたことがなかったので忘れていた。

　基本茶褐色のような色をしているが、光の加減では獣のような金色にもなる。昔は狼のような目をしていると、よく言われたものである。

「では食事にしましょう。冷めてしまうじゃない」

　銀食器に盛られた豪華な食事を前に、蘭瑛妃は陛下よりも先に手を伸ばして口に含んだ。

「うん、美味《おい》しい。これは大丈夫」

　そういって、次の皿へと箸《はし》を伸ばす。

「これも大丈夫。これも。……あ、こっちはそっちの元気がないなら食べていいわ。いります？」

「いらん」

「あら、もったない」

蘭瑛妃はそういうと喜々としてその皿を平らげる。その様子を、陛下が胡乱《うろん》な目つきで見ているが蘭瑛妃は気づかないふりをしている。

そして一通り蘭瑛妃が手をつけたのを確認すると、続いて陛下が食し始めた。

（……ん？　これではまるで妃《きさき》が毒見役ではないか）

少ない侍女たちが驚かないでいるのを見ると、どうやらこれが変わらぬ日常のようである。

それに、そっちの元気がないならって、もしや……。いや、言わないでおく。

「……蘭瑛様は幼少の頃より毒の類《たぐい》には精通しておりまして」

明明が傍にやってきて小声で囁《ささや》く。

「まさか、陛下がほぼ毎日食事を共にする理由って」

「はい、そのまさかです。色々事情がありまして。これは秘密にしておいてくださいね」

もちろんである。自ら危ない橋を渡るつもりはない。

雪花はしっかりと頷いた。

「ねえ陛下。わたしの外出禁止はいつまでなのかしら。薬草も取りにいけないじゃない」

蘭瑛妃が盃《さかずき》に酒を注ぎながら、猫のような声で尋ねる。

「もう少し待て」

「それ、昨日も聞きましてよ」

「そうか」

「そうよ」

「なら聞くな」

「わたし、苛々鬱憤《いらいらうっぷん》がかーなーり！　溜《た》まってきているんですの」

「そうか。大変だな」

「ええ、大変ですわ。このままだと発狂して他のお妃様たちに媚薬《びやく》でもばらまいて陛下を襲わせてしまうかも」

「それは怖いな」

肩を竦《すく》めるだけの陛下に、ついに蘭瑛妃が立ち上がった。

侍女たちはみな目で合図をし合うと、そそくさと卓の上のものを手際よく片付けて退散していく。

「陛下！　雪花も来たんですからそろそろ良いでしょう!?　それに、直接狙われた原因はもう分かっているじゃないっ。もうその誤解も相手様には解けたでしょうし」

「癇癪《かんしゃく》は美容に悪いそうだぞ」

「なら、癇癪を起こす原因をさっさと！　可及的！　速やかに！　取っ払ってくれませんかね!?」

じっと妃と陛下が睨《にら》み合うこと数秒ほど。一向に引き下がらない蘭瑛妃に押されたのか、陛下が分かった、とため息をついた。

「玄雪花といったか」

「はい」

「うるさいこれを、頼めるか」

これ、とはもちろん蘭瑛妃のことである。

後ろで「なによー! 人を物扱いするなんて!」と蘭瑛妃が叫んでいるのを、その場に残っている明明が視線で咎《とが》めている。

(不安だらけだ)

しかし与えられた仕事だ。今まで通り、体を張って遂行するしかない。大体、一国の王と妃を相手に、断れる余地などどこにもないのである。

(ああ。志輝様の含んだ笑顔が浮かんでくる)

厄介な仕事を寄越《よこ》してくれたもんだと、志輝を頭の中で都合よく蹴《け》り飛ばしながら、雪花は「是」と頭を下げたのであった。

北蘭宮の侍女たちは少数精鋭、非常に優秀であった。

女官を敢《あ》えておかずに、明明を入れて五人の侍女たちは掃除から洗濯、蘭瑛妃の身の回りの世話まで全てこなす仕事人集団。

雪花は護衛という本来の仕事があるが、なんせ主人がいまだに宮に閉じ込められているため、言ってしまえば暇なのである。

蘭瑛妃にも、宮にいる間はずっと傍に居られても困ると言われており、ある程度距離を置いている。

というわけで、毎日宮の掃除をしていた。

（こりゃ蘭瑛妃も鬱憤《ストレス》が溜まるよ）

床を雑巾《ぞうきん》で磨きながら、卓に頬杖《ほおづえ》をつきながら書物を読む蘭瑛妃をちらりと見た。

気分転換に、と明明が持ってきた書物である。

ほかにも刺繍《ししゅう》の用意もされていたのだが、あっという間に蘭瑛妃の指先が血まみれになり、明明がため息をついて下げていった。

どうやら苦手なようだ。余計に不機嫌になっただけで、「針に毒でも仕込まれていたら面白いのに」などと物騒なことを笑顔で言ってくれた。

蘭瑛妃がなぜ毒に精通するようになったのか知らない。ただ明明からは、一般の道をやや外れた研究者と認識したほうが色々と楽だ、とためになるような、ならないような妙な助言をもらった。

というのも彼女が毒に中《あ》たった際は、彼女の体が痺《しび》れようが嘔吐《おうと》しようが、その症状をこと細かく侍女たちに書き留めさせる。次に彼女が調合した薬で解毒を試みて、その効果を確認。そしてその記録をほくほくとした表情で見返し、更なる改善点を模索し続ける研究者だと。

ちなみに今、彼女が黙って眺めているのは医学書だ。後宮内で流行《はや》っている恋愛小説などには興味がないようで、床に乱雑に置かれている。

(うーん……。なかなかなお方だ)

雪花は廊下も磨いてしまおうと、そっと主《あるじ》の部屋を後にした。

「ねえ、鈴音《すずね》。蘭瑛様はいつになったら外に出られるのかしら」

「さあ、どうなんだろ。でも、雪花──あの子が護衛役だって聞いたでしょ？」

「でも、あんなに幼いのに護衛なんて……。務まるのかしら」

「幼いっていっても、わたしの一つ上だよ。それにね、静姿《せいし》。お風呂《ふろ》に入ったときに見たけど、あの子の体、傷だらけだったよ。きっと今までたくさん修羅場をくぐってきたんじゃないかなぁ」

「ああ、わたしも見た。あんな小さな体でどれだけ苦労してきたのか……。目に見えて分かるってもんよね」

「一水《いずみ》まで。そんなにひどいの？」

「背中にばっさり大きな傷があるし、小さいのもいくつも。さすがにわたしでも、可哀そうで見てられないよ」

「……まあ、そうなのね。掃除なんてしてなくていいから、こんな時くらいゆっくりしていいのに。なんだか不憫《ふびん》だわ」

廊下の隅で休憩がてらにお喋《しゃべ》りしているのは、侍女の鈴音、静姿、一水の三人だ。

鈴音は口調にやや幼さが残る、妃大好きな天然娘。

静姿は穏やかであるが、芯《しん》がしっかりしているお姉さん的存在。

一水は、さっぱりとした元気娘で、流行には敏感でお洒落《しゃれ》好き。

まさか自身の噂話をしているとは思わなかったので、雪花はどうしたもんかな、と項《うなじ》をかいて立ち止まった。

確かに雪花の体のあちこちには傷跡がある。

最近ではあまり作らなくなったものの、修行中や駆け出しの頃はいくつもの傷を負ったものだ。

（普通は気味悪がるが……まさか同情されるとは思わなかったな）

てっきり先輩侍女の洗礼や嫌み攻撃くらいはあると思っていたが、なるほど。皆気を遣ってくれていたのか。

たまには傷も役に立つものである。

「……あ、星煉《せいれん》！　おっかえりー」

洗濯籠《かご》を両手に抱えて帰ってきた、最後の侍女の一人、星煉に鈴音は手を振った。

「ただいま。井戸端会議？」

「ちょっとね。雪花のことで。ほら、彼女ってなんか訳ありっぽくない？　って」

「…………」

三人は雪花に背を向けているが、帰ってきた星煉と雪花はばっちり目が合ってしまった。

「きっと色々苦労してきたんだろうねーって。あんなに小さい体で傷だらけだし」

「…………」

「もう掃除なんてしなくていいから、ゆっくり休んでればいいと思わない？」

雪花は気まずそうにもう一度項をかくと、星煉に軽く頭を下げて反対方向へと歩き出した。

(反対側、掃除しよう)

給金を頂いている身で何もしないというのは雪花の主義に反するのだ。

「……鈴音」

「なあに？」

「本人、後ろにいるから」

「「えっ!?」」

頑張ろうと雑巾を握りしめて歩く雪花の後ろ姿を、三人は振り返った。

そしてその日の晩、陛下より外出禁止令が解かれた蘭瑛妃の歓喜の叫びが、宮に響き渡った。


「では蘭瑛様、くれぐれも目立たないでくださいね」

「もちろんわかっていてよ。ふふふ、こういうのって楽しいわよねえ」

雪花と同じ服に身を包んだ蘭瑛妃は、たいそう機嫌がよかった。やっと外出許可が下りたのである。

だがいきなり堂々と闊歩《かっぽ》するのもどうなのか、という意見もあり、妃には悪いがとりあえず目立たない侍女の格好をしてもらった。それで周りの状況を見てこようというものである。

反対されるかと思ったが意外にも妃は素直に承諾してくれた。むしろ乗り気である。

どこからか調達した侍女服に身を包み、普段の化粧を落としているからか幼顔がさらに幼くなっている。

口元の黒子《ほくろ》だけは隠しようがないので、ごまかすためにもさらに口元に一つ、目元に二つ墨で付け足す徹底ぶりである。

あとは髪形も地味に下のほうで纏《まと》めているので、近づかない限り誰だかあまりわからないだろう。

それになにより、最上級の胸元をさらしで潰《つぶ》している。

(陛下に怒られやしないだろうか)

まあなくなりやしないのだからいいか、と雪花は考えないことにした。

そんなわけで、変装した蘭瑛妃、明明、雪花の三人は庭園を足早に歩いていた。

行き先は四宮の中央に位置する広大な庭園――先日、蘭瑛妃が四阿《あずまや》で休憩しているところを、白昼堂々と狙われた場所だ。

その時の状況を知るために、現場付近を確認しておく必要があると雪花は考えた。

「……蘭瑛様、なるべく顔を伏せておいてくださいね」

前方から向かってくる集団に気付いた明明が、声を潜めて蘭瑛妃に耳打ちする。

「あらあら、困ったわねえ」

蘭瑛妃は全然困った風の口調ではなく、むしろ楽しそうに首を傾げた。

「ふふ、南桜宮の侍女たちよ」

そして雪花にそっと耳打ちする。

近づいてくる侍女たちは総勢四人。侍女頭の明明に気付いたようで、挑発するような笑みを、先頭を歩く者が浮かべたのを見た。かなり好戦的な目だ。

「あら、ご機嫌よう。明明殿。お久しぶりじゃなくって？」

「御機嫌よう」

（全然御機嫌ようって雰囲気じゃないな）

明明は変わらず無表情のままであるが、その視線は毛虫でも見るような冷たいものである。

「貴妃様についていなくて良いのかしら。大変よね、お命を狙われたとか。宮で怯《おび》えているのではなくって？」

怯えるどころか鬱憤《うっぷん》溜《た》まりすぎて発狂してましたよ。しかも今目の前にいらっしゃいますよ、と心中で呟《つぶや》いておく。

蘭瑛妃本人は、横から見るとおかしそうに口端が吊《つ》り上がっている。俯《うつむ》いていて真正面からはわからないであろうが。

「ご心配ありがとうございます。心優しいのですね、南桜宮の方々は。貴妃様も喜ぶでしょう。わざわざ伝えに来てくださるなんて、よほどお時間が余っていらっしゃるようで。

感謝致します」

一見丁寧な物言いに感じるが、訳せば「南桜宮の方々は嫌みを言う暇があって良いですね。ありがとよ」だ。

向こうの集団が瞬時にざわつく。

「あら、他の妃《きさき》様を心配してはいけなくって？」

「いいえ、心優しい方ばかりで胸はいっぱいです。心から感謝しております。では、わたしたちは用がありますので失礼いたします」

明明は流れるように、なおかつ簡潔に言ってこれ以上口出しさせないよう優雅に礼をすると、何か言いたげな彼女たちを置いて立ち去っていく。

それに続く蘭瑛妃は肩を震わせて笑いを必死に堪《こら》えている。

（やるなあ）

さすが侍女頭を任されているだけある。

感心しながら雪花も二人の後を追う。

「明明はうまいわねえ」

「誰か様のおかげで」

「その誰かに感謝ね」

「いいえ、わたしが感謝されるんですよ」

この二人、お互いにいい性格をしていらっしゃる。

案内されたのは、庭園の隅にある小さな四阿である。側には池があり蓮《はす》の葉がいくつも浮かんでいる。今季節は春先なので、あと二、三ヶ月もすれば花が咲き誇るのだろう。

「ここで明明と休憩していたら、いきなり矢が飛んできたのよ」

四阿で休んでいる最中、池を背後にして射られたというのだ。二人はすぐさま柱の陰に身を隠し、助けを求めて見回りをしていた警備の者を呼び寄せたらしい。しかし犯人はすでに逃げた後。

門を閉ざし後宮の出入りを止めて捜索したが、犯人は見つからなかったという。

「どちらから矢は飛んできたのですか」

「あっちよ。あの草むらの茂みから」

「顔を見ましたか」

「それが逆光で見えなかったの。黒っぽい服装をしていたけれど」

「普段、この庭園はよく人が行き交うのですか？」

「まぁ、その季節によるけど……。その時はまだ冬だったから、人は少なかったはずよ」

「そうですか……。少しあたりを見てきます」

草叢《くさむら》に分け入って、改めて四阿を振り返る。四阿の囲いは雪花の膝下《ひざした》くらいの高さだ。たとえ涼台に腰掛けたとしても十分狙える。ましてや、背後は池であるため逃げ場はない。

(蘭瑛様は肩を掠《かす》っただけだと言っていたが……)

狙いが外れたのか、それともただの脅しであったのか。

(にしても、どうやって犯人は逃げたんだ……?)

首を傾げながら、雪花は更に奥へと進む。

まさかこの茂みから飛び出して逃げたわけではないだろう。だからといって奥に逃げ道がある訳ではない。なんせ、この向こうにはすでに行き止まりの巨大な壁が立ちはだかっているのだから。

後宮をぐるりと囲む大きな壁に近づくと、雪花はそれを下から見上げた。

高さは三十尺くらいあるのだろうか。鉤縄《かぎなわ》を用意してあったとしても、乗り越えるのは無理であろう。それに壁なんか登っていたら目立つ。

(内部犯……?　衣類でも着替えて周りに溶け込んだのだろうか)

とりあえず壁に沿って歩いてみる。抜け道なんてものがあるとは思えないが、何か手がかりでもないものかと。

「雪花ー、そっちは昔に使ってた井戸があるくらいよ」

茂みの向こうから、蘭瑛妃が呼びかける。

「井戸？」

「だいぶ昔に水が赤く濁って、異臭騒ぎがあってね。今は使ってないらしいけど。そう言ってたわよね？」

「ええ、確かに」

（井戸か）

雪花は足早にその場所へ向かう。

まさかとは思うが――否。確かめてみる価値はあるかもしれない。

雪花の後を、じっとしていられない蘭瑛妃が目をきらりと輝かせながらついてきた。そうなると明明もお供するしかなく、辺りを警戒しながら無言で蘭瑛妃に続く。

（これか）

古びた石造りの井戸があった。外側は苔《こけ》がびっしり生えているところをみると、本当にしばらく使われていないのだろう。

木の蓋《ふた》をよいせ、と少しだけどけて匂いを嗅《か》ぐ。

（ん？）

異臭はしない。

ふむ、と雪花は一瞬考える仕草を見せた後、蓋を一気にどけて中を覗《のぞ》き込んだ。

（水面が見えない。かなり深そうだな……。それに——）

井戸には、比較的新しい縄梯子《なわばしご》がかけられている。使われていないのに、だ。

雪花はその辺りにある小石を拾い上げると、井戸の中に放り込んだ。そして放り込むのと同時に、時を数える。

（一、二、三、四、五……）

しばらくして、ポチャン、と石が水面にぶつかる音がした。やはり、井戸はかなり深いようだ。

「あらら？　だいぶ深そうねえ」

蘭瑛妃も身を乗り出して猫のような双眸《そうぼう》で覗きこむ。明明が妃の腰あたりの布をつかんで、落ちないように引っ張っている。

壁と井戸を見比べ考えこむ雪花に、蘭瑛妃は面白そうな目を向けた。

「何か分かったの？」

「……仕掛けがあるのかもしれません。この塀の向こうは外宮《げくう》でしたか？」

蘭瑛妃と明明は顔を見合わせる。当たりのようだ。そして雪花の言わんとすることを、素早く理解する蘭瑛妃。

「もしかして、通じているの？」

「さあ、どうでしょう。調べてみないと分かりません。降りてみてもいいですか？」

「それは構わないけど……」

以前、同業者から聞いたことがある。高貴な方々は、もしもの時のために逃げ道をいくつか用意していると。その一つが井戸を使った抜け道だ。

雪花はその辺に転がっている木の枝を拾うと、服のなかにしまいこむ。

胡服《こふく》でないため動きにくいのは仕方がない。なるべく襦裙《じゅくん》が汚れないようにと、行儀が悪いのを承知で裾《すそ》をめくって適当に結んでしまう。

「では、行ってきます」

「気を付けるのよ」

「はい」

頷《うなず》くと、雪花は縄梯子を伝って井戸の中へと降りて行く。蘭瑛妃は心配しつつも少しの好奇心をその目に乗せて、上から覗き込んでいる。

黙々と下へ降りていくと、井戸の中を走る風音がした。

（あった……）

本当に存在した横穴を覗き込み、雪花はにやりと笑んだ。

「ありました！」

「えーっ」

雪花と蘭瑛妃の声が、井戸の中に響き渡る。

「中まで調べてきていいですかー!?」

「いいけど、大丈夫なのー!?」

「気を付けますー!」

雪花は縄梯子から横穴へと入り込んだ。狭い道を腹ばいになって進むことにしたが、日の光が届かなくなってしまい、全く前が見えない。仕方がなく自身の首飾りを取り出した。養父がくれた特殊な鉱石でできたそれは、暗闇で薄い光を放ってくれるのだ。手元くらいは照らしてくれる。

道はとにかく狭く、ジメジメして湿気ている。服も顔もきっとドロドロだろう。顔なんてどうでもいいが、服の方は洗って落ちたら良いのだが。一応支給品である。

しかも、途中で虫らしきものを踏んづけた感触が幾度かあった。

(あー気持ち悪い)

虫が苦手というわけでもないが、潰《つぶ》す感触は苦手である。

そんなこんなでせっせと進むと、急に終着点に到達した。狭い通路の先に、突如空間が現れたのである。雪花は狭い道を這《は》い出ると、開けた空間に立ち上がった。

ぴちゃん、ぴちゃんと水の音がするが、暗闇でほとんど見えない。

携帯している火打石で火を起こし、もってきた枝を松明《たいまつ》代わりにする。湿気てしまったかと心配したが、無事に火がついてくれた。

「洞窟《どうくつ》みたいだ」

ご丁寧に燭台《しょくだい》が用意されていて、それに火を灯《とも》せば辺りは随分と明るくなった。

小さな鍾乳洞《しょうにゅうどう》のようで、狭い足場の先には綺麗《きれい》な水が張っていて、火の光が水面に揺れる。

行き止まりといえば行き止まりであるが、この池が外と繫《つな》がっているのかもしれない。

（更に確かめるか）

あくまで雪花の仮説であり、確証がなければ話にならない。

雪花は誰もいないことをいいことに、ごそごそと服を脱いで下着姿になった。

（どうせ確かめたらここに戻ってくるし……。ま、いいだろ）

服は畳んで濡《ぬ》れないところに置いておく。そして雪花は冷たい水の中へ身を投じた。

「さぶっ……」

身震いしつつも、雪花は手足で水を搔《か》いてせっせと進む。

始めのほうは水面と天井が離れていたので潜らずに済んでいたが、進むにつれて天井が雪花の頭上に迫ってきた。

潜るしかないか、と雪花は割と簡単に覚悟を決めて、肺に大きく空気を吸い込んだ。そして空気を体内に留《とど》めて暗い水中へと潜る。首飾りの光を頼りにして。

足で交互に水を蹴《け》り、前を見ながら突き進む。余計な力は入れず、魚のようにしなやかに。

泳ぎはまあ……養父が実に色々な体験をさせてくれたので、否応《いやおう》なしに身についた。思い出すのも腹が立つが、彼のせいで二人揃って滝壺《たきつぼ》に落ちたこともあるし。

『えへっ、ごめんね？』と後から明るく謝られた時は、正直、殺意を覚えた。奴の体に重《おも》石《し》を括《くく》り付けて沈めてやろうかと思ったほどに。

（はっ……。あの時と比べれば随分マシか）

だが、そろそろ出口が見えてこないとさすがの雪花でも窒息死するので、この辺りで引き返すかと諦《あきら》めかけた矢先。前方が次第に明るくなった。日の光が降り注いでいるのだ。

よかった、と安堵《あんど》しながら浮上するとぷはっと息を吸い込んだ。

どこかは知らないが、外と繋がっていたのだ。

しかし安堵したのは一瞬のことである。

「これはこれは。本当に人魚姫のお出ましですか。あなた、一体何やってるんですか」

どこかで聞いたような、甘い声が頭上からかかったのだ。その声の持ち主は、笑顔をつくりながら額に青筋を立てるという器用さを持ち合わせていた。

「御機嫌よう、志輝様」

明明にならって、とりあえず挨拶《あいさつ》をしておいた。怒られること、決定である。

三章

なぜこのような場所（ここがどこであるかも分からないが）に、麗しい貴人がいるのであろうかと雪花《せっか》は首を傾げた。

しかも、笑顔で怒っている。おっかない御仁である。

とりあえず、目の下まで顔をつけてぶくぶくと息を吐きながら考える。

もう一度水中に潜って逃げるか、それとも大人しく投降するか。どのみち怒られるのは時間の問題である。

「水浴びの季節にはまだ早いと思いますが」

そういって志輝《しき》は手を差し出す。

とっとと上がってこいということであろう。

「……大変お見苦しいので、一度戻りたいのですが」

おっかない美貌《びぼう》を前に忘れていたが、そういえば下着姿であった。

この姿で、白昼堂々日の光が降り注ぐ中へ出て行けというのか。一体なんの拷問だ。

羞恥心《しゅうちしん》はほとんどないに等しくも、捨ててはいない雪花である。

「風邪を引きたいのですか。さっさとなさい」

「……服、脱いできてまして」

「下着は着てるじゃないですか」

「…………」

「気にしませんから早くしてください。人に見つかる前に。それとも上がれないのなら、無理やり引き上げますよ」

辺りを気にしながら、些《いさ》か苛々《いらいら》した口調で志輝が言った。

雪花は少し逡巡《しゅんじゅん》したが、まさか貴人をずぶ濡れにさせるわけにもいかず、観念してその手を取って引き上げてもらった。

「……ありがとうございます」

水を含んだ髪をギュッと絞りながら、雪花は礼を言う。

「色々聞きたいことはあるのですが」

そうでしょうね、そうでしょうよ。

こちらとしても、どうしてこんな処にあなた様がいらっしゃるのかお聞きしたい。

「とりあえず移動しますよ」

彼は紺青色の袿子《はいし》を脱ぐと、それで雪花を包《くる》んで抱きかかえた。突然抱えあげられた雪花は、驚いて彼の襟を握りしめる。

「え、ちょ、ちょっと！」

「静かになさい」

「いやいや、自分で歩けます！　志輝様、濡れちゃいますよ！　それに重いし！」

「構いません。ここは外宮ですよ。ずぶ濡れ娘が歩いていたら皆驚くでしょうが。不審者確実、ひとまず牢屋《ろうや》行きです」

「……そりゃそうですけど」

「何か言いたいことありますか」

「いえ別に」

「それにしては不服そうじゃないですか」

「元々こういう顔ですよ」

「何か言いたいことがあるなら言ってください」

真上からぐっと顔を覗《のぞ》き込まれ、雪花は頬を引きつらせた。

鼻と鼻がくっつきそうである。

（その綺麗な顔を近づけるな）

思わず油虫でも見るような目つきになり、口がへの字に歪《ゆが》む。

蕁麻疹《じんましん》がでそうなほど、皮膚がざわつく。

「……そんな顔をされるとは。傷つきますねえ」

しみじみと呟《つぶや》きながらも、志輝はどこか楽しげである。

「あなた、本当に飽きさせないですね」

「飽きてもらって結構です」

「今度、食事にでも付き合ってもらいましょうか」

「は」

こいつ、人の話を聞いているのか。何を唐突に言い出すんだ。

頭におかしなものでも入ってるんじゃなかろうか。

「これは貸しですからね」

「はあ?」

「さて、顔は伏せておいてくださいね。見られると色々厄介ですから」

志輝は一方的にそう告げると、褙子を雪花の頭まですっぽり被《かぶ》せるように引き寄せてゆっくりと歩き出した。

雪花はどうやってかわすか、白檀《びゃくだん》の香りがする褙子の中で考えていた。

湯上がりの髪を拭《ふ》きながら部屋に戻ると、志輝が自らお茶を淹《い》れてくれていた。雪花はその姿を物言いたげに半目になってじっと見るが、彼は見事に無視してにこりと笑んだ。

「温《ぬく》もりましたか」

「……おかげさまで。ありがとうございます」

礼は言っているものの棒読みである。外宮《げくう》にある志輝の執務室に連行された雪花は、文字どおり不機嫌であった。

「ならよかった。風邪を引かれては困りますからね」

雪花に睨《にら》まれても上機嫌な志輝とは対照的に、雪花はむっと眉《まゆ》を顰《ひそ》めて席に着いた。

不機嫌な理由はこうだ。

横抱きされたまま外宮の中を闊歩《かっぽ》され、顔は伏せていたから良いものの、恥ずかしいのなんの。

すれ違う人たちから驚きや羨望《せんぼう》の声、中には呪うような声まで聞こえてきて、布の下から早くしてくれと懇願すれば志輝はなぜか面白そうに速度を落とす。

だからなんの嫌がらせだ！　と小声で詰め寄れば、くっくっと笑っていた。終《しま》いに返ってきた言葉は、「年頃の娘の肌をさらす真似なんて教えられてませんので」だ。

だったら尚更《なおさら》速く歩けよ！　と言ったら、更に笑いを誘うだけであった。

なんだこいつ天邪鬼《あまのじやく》か。やはり美男に限ってまともな思考回路を持つ者はいないらしい。

あまりの恥ずかしさに、部屋についた途端ええい早く下ろせと腕の中で暴れまくったら、「今すぐ裸に剝《む》かれたいのですか、それでもわたしはいいですけど」などとさらりと真顔で言われた。

雪花が固まったのをいいことに彼は風呂《ふろ》まで運び、褙子を剝《は》ぎ取って、雪花を下着姿のまま湯の中へそっと入れると満足したように出て行った。

(……恥ずかしすぎる)

本当に恥ずかしすぎる。死んでしまいたい。貧相な身体をみられたのはどうでもいいが、男に横抱きにされて運ばれるなど、用心棒の雪花からしたら不覚の他ない。

(もう忘れよう。うん、忘れてしまおう)

雪花は自分の頭を仕切り直しすることにして、辺りをくるりと見渡した。

彼は陛下の側近を務めているだけあって、外宮内に仕事部屋を与えられているそうだ。手狭ではあるが、卓に寝台、風呂まであれば十分過ごせるであろう。

なにも風呂まで、とも思うが、それはそれで正解かもと考え直す。

なんせこんな世離れた美丈夫と風呂でかち合ったとしたら……。性別なんて関係なしに、何が起こってもなんらおかしくはない。

もしや、既に起こった後だったりして。

美しすぎるのも罪なものだ。周りの人間にとっては迷惑極まりない。

「あなた、何か失礼なことを考えてませんか」

「いえまさか」

相変わらず察しがいい男である。

雪花は話題を変えることにした。

「そういえば、志輝様はなぜあのような場所へ？」

「貴妃《きひ》の様子を見に行った陛下より伝令があったのですよ。それで地図を見て、一番繋《つな》がっていそうな場所をうろうろしていたら、あなたが出てきたのです」

なるほど、そうであったのか。

「彼女を狙った輩《やから》は井戸を使った可能性が高いと？」

志輝は雪花に尋ねた。

「分かりません。ですが井戸の異臭騒ぎが起きた時期と蘭瑛《らんえい》様が狙われた時期を考えると、考えられなくもないと思います。あくまで推論ですが……。後宮にいる内通者が井戸に細工をして人を近づけさせなくする。そして時期を見計らい、外から実行犯を引き入れたのではないでしょうか。ちょうど襲撃があった頃は冬ですし、わざわざ寒い中、庭園に足を延ばす人なんてよりいっそう少なかったと思います」

「……内通者」

「ま、そんな輩が存在すればの話です。外から一人でも、できなくないでしょうし」

雪花の話を聞き、志輝は考え込むように黙った。

雪花はありがたく、出された茶に口を付けた。意外と喉《のど》が渇いていたのである。

（……美味《おい》しい）

珍しい茶葉である。透き通った紅色をしているそれは、西方由来のものではなかっただろうか。旅の途中で何度かお目にかかったことがある。

「美味しいですね。西方から取り寄せたのですか？」

「あぁ、それですか。よくご存じですね。美味しかったと伝えたところ、それ以来知り合いが高値で送りつけてくるんですよ」

「え」

「商売人なので仕方がありませんが。他にも色々と珍しい物もありますよ。陶器や絵画も何点か。また家に来られた際、お見せしましょう」

いやいや、もう行くことないって。何か物でも頂戴《ちょうだい》できるなら喜んで行くけれど。もちろん換金するためである。

「さて。大まかな話は分かりましたが、危険な真似は控えて下さいね。もし、わたしでない誰かが待ち構えていたらどうするおつもりだったんですか」

話は逸《そ》れていたはずなのに、お鉢はやはり回ってくるものらしい。

雪花は気まずそうに首裏をかきながら、視線をふよふよと泳がせた。

「いや、まぁ誰かいたらもっかい潜って逃げようかと」

「そういうことではなくて。あんな薄着で、襲われたらどうするんですか」

あぁ、なんだ。貞操のことを言っているのか。意外と真面目か、この男。

服を剝ぎ取るとか不埒《ふらち》なことを言っていたくせに。

「襲わないですよ、こんな女」

「……なんですか、その自信満々な言い方は」

「襲う方にも多少なりとも好みがあるかと」

真剣にそう答えると、頭が痛いとでも言うように、志輝は額を押さえてため息をついた。

「世の中にはなんでもいい、と言った雑食ぐらいもいるんですよ」

「そうなんですか。では以後気をつけます」

「大体あなたは護衛でしょう。主《あるじ》から離れて仕事が務まりますか」

ごもっともな意見である。

雪花はすみません、と素直に謝った。好奇心が勝ってしまったのは確かに失態である。

「今回はお手柄といえばお手柄ですが、今後は気をつけてくださいね」

「はい」

「分かったなら良いですが。……髪が乾くまで、ここにいてください。後宮まで送り届けますので」

「え、結構です。一人で帰れます」

「あのですね。あなた、形はどうであれ後宮から逃亡したのと変わりないのですからね。素直に正門が潜《くぐ》れるとお思いですか」

あ、と雪花は自身の状況を把握した。

そうだった。重要なことを忘れていた。なんの手続きも踏まずに出てきてしまったのか。

後宮というものは、一度入れば勝手に出ることは許されない。罰を受ける羽目になる。

「上手《うま》く通してもらうのでご安心を。それにこっちはつまらない仕事ばかりだったので、あなたのおかげで息抜きできます。ゆっくり休んでいってください」

志輝は長椅子にもたれ掛けて襟元を緩める。

その仕草だけで色気が漏れ出ていることに、本人は気づいているのだろうか。

「そういえば、あなたは西方に行ったことがあるのですか」

ふと、紅茶に視線を落としながら志輝は言った。

「養父と旅していましたので」

「確か養父殿の名前は、玄風牙《げんふうが》殿、でしたか」

「そうです」

そういえば契約書に署名した際に、記したんだっけな。

「彼は西方にも詳しいので？」

「言葉には不自由してない様子でしたね。わたしも教えてもらいましたし」

「……それはすごい。向こうの言葉は習得するのが中々難しいでしょう」

「確かに、金と顔と性格にはかなり難がある人ですけど、そういった知識は無限だったと思います。一で十以上を学ぶのが、彼にしたら当たり前だったんじゃないですかね。だから他者は彼を理解できないし、彼も他者を理解できない。そんな人です」

「……一体何者なんですか」

「さぁ、わたしにも分かりません。わたしを引き取る前のことは一切口にしなかったので」

雪花は彼に育ててもらったが、彼に関して知っていることは少ない。そう、知っているのは彼と出会った以降のことだけだ。それ以前のことは彼も話さないし、自分も聞かない。ただあの時、初めて出会った時。全てを無くした自分を命懸けで助けてくれた。それだけで十分だった。そう、それだけで。

「……わたしからしたら、ただの賭《か》け運なしの女の敵の顔だけのハリボテ借金男、ですけどね」

雪花はふわりと微笑んだ。

「……それは」

志輝が何かを言いかけた時、部屋の扉が叩《たた》かれた。

「失礼します！　志輝様、何やら宮内でえらい騒ぎに！　志輝様がついに結婚かと皆が

——って！　なんでおまえがここにいる!?」

志輝の部下である駿《しゅん》の忙《せわ》しない登場に、雪花は微笑を引っ込めいつもの不機嫌顔に戻った。

こいつ、常々思っていたが随分と自分が気に食わないらしい。

『ぎゃんぎゃん騒ぐ駄犬のことよ』

なるほど。蘭瑛妃のいうことは的を射ている。

雪花は知らん顔をして、ゆっくりとお茶を頂くことにした。


暖かい日差しに、桜の花が咲き始めた春麗《うらら》。

後宮内はいつもとは違い、人の往来で慌ただしく時間が過ぎていた。

それもそのはず、近いうちに宮中の高官たちを招き行われる春宴があるからだ。

春の訪れを祝って詩を詠みながら、春の花々を愛《め》でる宴《うたげ》——言い換えればお偉い方々の情報交換の場である。

市井でもそれは、俗にいうお花見という形で反映されている。

（まさか今年は、宮中で行う羽目になるとは）

雪花は春の陽気に欠伸《あくび》を嚙《か》み殺しながら、庭の掃き掃除をしていた。

去年は妓楼《ぎろう》で春を迎えたなあと、思いを市井に馳《は》せる。

妓楼の中庭には大きな桜の木があって、それを仕事終わりに皆で囲んで、朝からどんちゃん騒ぎをしたっけな。

雪花も、古酒の入った瓢箪《ひょうたん》を賭けて丁半で勝負し、見事勝ち取り一人で平らげたのを覚えている。

動体視力の良い雪花は、賽《さい》が得意であった。というのも、養父の借金を時々博打《ばくち》で稼いでは返済に充てていたため、仕方がなし身についた特技である。

(こんな堅苦しい場所でやる宴など、狐と狸の化かしあいだろ)

楽しみなんてこれっぽっちもなく、あわよくば恥をかかせてやろうくらいの魂胆に違いない。

(ああ怖い怖い。空気になって控えておこう)

相変わらずやる気のない雪花であるが、一方侍女たちの気合いの入りようは半端ない。

それもそのはず。高官たちも来るということは、自分の身請け先=嫁ぎ先を探す巨大なお見合いの場でもある。

北蘭宮《ほくらんきゅう》の侍女たちも、鼻息を荒くして準備に取り掛かっている。

(そういや、あいつも来るのだろうな)

麗しの紅《こう》志輝を思い出し、雪花は僅《わず》かに顔を歪《ゆが》めた。

抜け井戸を報告した際、散々な目にあったことはあまり思い出したくない。

あの後、志輝の計らいによって密《ひそ》かに後宮に帰された。

別れ際にあとは調べておきますからと言っていたが、果たしてその後どうなったのであろう。

あれから蘭瑛妃の周辺では目立った動きはなく、落ち着いている。毒も盛られてはいないようだし。

（このまま何もなければいいけど）

寵妃《ちょうひ》というだけで命を狙われることもあるし、政治的な立ち位置で狙われる場合だってある。

「雪花」

せっせと落ち葉を集めていると、眉《まゆ》の上で髪を切りそろえた星煉《せいれん》に呼び止められた。

彼女は基本無口で仕事人間であるが、だからといって意思疎通が取りにくいとかそういう風ではない。喋《しゃべ》れば淡々と話すし、話題だって意外と豊富だ。

「手伝おうか」

こんな風に、困っていないかと時々声をかけてくれる。

「あ、いえ。大丈夫ですよ」

「ねえっ、少しは慣れた？」

するとと星煉の後ろから、ひょこっと鈴音《すずね》が顔を出す。ふっくらとした桃色の頬が愛らしい少女だ。いつも美味しそうに食事を頬張るので、ついつい栗鼠《りす》を連想してしまう。

「あ、はい」

短くそう答えると、鈴音は不服そうに両頬を膨らませた。

「他人行儀っ！　わたしのほうが年下なんだから、畏《かしこ》まった言い方やめてって言ったじゃないっ」

「あ……はい」

「だからそれっだってば！」

「う、うぅん……。気を付けま……気を付けるよ」

じぃいいいっと凄《すご》まれて、雪花はこくこくと頷《うなず》いた。鈴音はようやく納得したようで、にこりと満面の笑みを浮かべる。そして二人はどちらからともなく、掃除を手伝い始めた。

星煉に至っては、雑草まで引っこ抜いていく。

「あの、ありがとうございます」

「気にしないで。ここの掃除を終えたら、蘭瑛様が声をかけてと言っていたわ」

「そうなんですか」

「薬草を取りに行きたいって言ってたよ。だから皆でさっさと終わらせよ」

そういえば後宮の目立たない一角に、後宮の許可を得て、薬草を育てていると言っていたな。ならば二人が言うように手早く終わらせようと、雪花は作業を速める。

「ねえねえ雪花」

「はい？」

箒《ほうき》でせっせと落ち葉を集めていると、鈴音と星煉、二人揃って雪花に視線を向けていた。

「雪花って、志輝様の推薦でここに来たんだよね」

志輝、という名前を口に出され、瞬時にげんなりとする雪花である。

「まあ……そうだけど」

「どうやって知り合ったの？」

「通っている鍛冶屋《かじや》で居合わせただけです」

そんで目をつけられて巻き込まれた、というのは黙っておく。

すると、次は星煉が尋ねてきた。

「雪花は、どうして仕事を受けたの？」

「どうしてって……。養父が作った借金を一括返済するためですが」

きっぱりと答えると、二人は微妙な面持ちになった。

「借金……？」

「はい。色々しでかしてくれたので」

「い、色々って？」

「ほとんどは賭場《とば》で負けたものだけど、あとは女に騙《だま》されたりとか、まあ色々……」

淡々と答えたつもりだが、なぜか鈴音が泣きそうな顔になった。星煉の眉尻《まゆじり》も、僅かにハの字に下がっているような。

鈴音はダンッと箒を地面に突き立てた。

「なんて親なのっ！」

「えっ」

「うちは貧乏貴族だけど、借金はしてないよっ。なんとか細々と皆でやり繰りしてるよ！」

「え、あ、そう、なんだ……」

そうだったのか。というか、自ら堂々と貧乏貴族と言ってしまうとは……。本当に、憎めない子である。皆が可愛がるのも頷ける。

「……最低ね。その人は何を考えているのかしら。負けるなら、賭博なんてしなければいい」

一方星煉もブチ、ブチ、と雑草を力強く引っこ抜きながら、鈴音に同調した。

「そうだよね！　地道に働いて、こつこつお金を貯める！」

「うん。働かざる者、食うべからず」

「そう、それそれ！」

この二人、一見したところ性格が合いそうにないのに妙にかみ合っている。

(ここに当の本人を正座させて、説教してほしいもんだ)

自分の代わりに憤慨してくれる二人をありがたく眺めつつ、雪花は集めた落ち葉をまとめて籠《かご》に放り込んだ。二人が手伝ってくれたおかげで、割と早く片付いた。

雪花は二人に礼を告げると、蘭瑛妃の元へ急ぎ足で向かった。


部屋に戻ると、静姿《せいし》と一水《いずみ》が衣装を引っ張り出しては、ああでもないこうでもないと議論を繰り広げている。どうやら春宴で着用する、蘭瑛妃の衣装について話し合っているようだ。

「だから、春っぽく薄紅色にすべきだって。蘭瑛様は色素が全体的に薄いから、淡い色でも映えるから」

「うーん……。でも、子供っぽく見えてしまわないかしら」

静姿と一水の二人は同い年で、鈴音、星煉よりも年上だと聞いた。

蘭瑛妃は長椅子に腰かけながら、二人の様子を微笑まし気に眺めている。二人に衣装選びを任せているようだ。

「別に、全部薄紅で合わせるわけじゃないよ」

一水はそういうと、薄紅色の衣に、深紅色の褙子《はいし》と帯を合わせてみせた。

「これで色を締めるんだ。どう？」

「……うん、悪くないわね」

「服の色を抑えているから、装飾品の類《たぐい》は少し派手にして均衡を取ろう。──どうですか、蘭瑛様」

「いいと思うわ」

蘭瑛妃は満足そうに頷いた。

「あいにくこの童顔だから、背伸びしても似合わないし、だからといって逆を選んでも年齢的にね。これならちょうどいいと思うわ」

「なら、この方向で進めます」

「ええ」

服の一つを選ぶだけでも大変なんだなあと、雪花は目をぱちくりさせる。

「一水と静姿はね、家が商いをしているから感性《センス》がいいのよ」

「へえ、そうなんですか」

「わたしはお洒落《しゃれ》とは無縁だったから、本当に助かってるの。いつもありがとう、二人とも」

蘭瑛妃は彼女たちに微笑むと、静姿は「いえいえ」恐れ多いとばかりに首を横に振り、一方の一水は元気よく「はいっ」と答えた。

なるほどなあと思いつつ、雪花はふと首を傾げる。

姫《き》家のお嬢様が、どうしてお洒落と無縁だったのだろうと。本当に、薬やら毒やらにしか興味がなかったのだろうか。今の蘭瑛妃の姿からは、少し想像しにくい。

「雪花も、困ったら二人に聞いてみるといいわ」

「あ、はい」

「でも、雪花」

一水が衣装に装飾品を合わせながら雪花に声をかける。

「服を注文するなら静姿に頼んでよ。うちの家、商いといっても質屋だから」

「そうなんですか」

「うん。だからモノを見る目はそれなりにあるんだけど、専門で取り扱ってないからさ」

金を貸すほうか……。いいな、と雪花は心の底から思った。養父を質にできないか、一度聞いてみたいものだ。

「静姿のところなら服飾品は一通り揃うよ。質もいいし」

「それほどでもないわよ。でも、少しくらいなら値引きしてあげられるから、必要なら今度声をかけて」

「ありがとうございます」

「さて、ある程度決まったし……。そろそろ薬草を採りに行こうかしらね。雪花、一緒にお願いできる？」

「畏まりました」

「蘭瑛様、わたくしたちもついていきましょうか」

「いいえ、大丈夫よ。すぐに戻るし、あとは二人で決めておいてちょうだい」

明明《めいめい》は席を外していて、女官長の元へ宴《うたげ》の件で呼び出されているそうだ。

雪花は蘭瑛妃に付き添い外へと出る。

「軟禁状態で中々採りにいけなかったから、状態も見に行きたくってね」

「はあ」

「というのは、半分建前。少し、あなたと話をしたくてね」

「？」

宮を出て、二人は庭園の奥にある林へと向かった。ここの一角には、蘭瑛妃がこっそり育てている薬草があるのだ。

その他にも食用のキノコが生えるらしく、秋になればそれを焼いて食べるとか食べないとか。

蘭瑛妃はよいせと腰を屈《かが》めると、雪花にとってはどでかい雑草にしか見えないものを力強く引っこ抜いていく。

その根には、解熱・鎮痛作用があるらしい。葉は食用だと教えてくれたが、どうやって食べるのだろうか。

「陛下から話は聞いたわ。あなた、随分と志輝に気に入られているみたいね」

「……だいぶ誤解があるかと」

雪花は引きつく頬を押さえて言った。

どこでどう話が捩《ね》じれたらそうなるのだ。

「あら。だって、あの志輝が女性を抱えるなんて有り得ないわよ。志輝ってば来るもの拒み去る者追わずの冷酷野郎でね。そりゃ女に興味がないってわけじゃないけど、とりあえず溜《た》まらなかったらいいか、みたいな？　その日限りの後腐れがないような人選ぶし。それに何より人に興味がないのよねえ。根暗で陰険っていうかさ」

蘭瑛様、色々と言葉に気を付けたほうが良いのでは。

「それでてっきり男色なのかもって思って、本人に聞いてみたらね。怒ってしばらく口を利いてくれなかったのよね」

けらけらと思い出し笑いをする蘭瑛妃に、やはりこの妃は大物《きさき》だと改めて認識した。あの男に物怖《ものお》じせず、ずけずけと突っ込める人がいるとは。

だがそうか。一夜限りの関係がいいならば、今度紫水楼《しすいろう》を勧めてみようかと思いつく。

志輝は金持ちだし、大枚叩《はた》いてくれる上客ではないか。

それに彼が相手なら、妓女《ぎじょ》たちだって喜んで色々追加奉仕してくれるだろうし。雪花は雪花で、帰蝶《きちょう》に紹介料を請求できる。

皆にとって美味《おい》しい話である。

（いい話を聞いた）

しめしめと頭の帳面に記憶する。

しかしこの雪花の企《たくら》みが後に一騒動を起こすことになるのは、また別の話である。

「まぁそんなだから、志輝にとってはいい傾向だと思うわけ」

わたしにとっては全然よくないのですが、とは思っても口に出せない雪花である。

「話というのは、それだけでしょうか」

「いいえまさか。あなたには、どうしてわたしが表立って狙われたのかを教えておこうと思ってね」

蘭瑛妃はそういって手についた土を払うと、巾着《きんちゃく》の中に入れていた鋏《はさみ》を取り出した。

「なぜ、わたしが寵妃《ちょうひ》だと言われるのかはわかっていて？」

彼女は鋏を手にすると、次に赤紫の花がついた植物の根元を切っていく。

「毒見役のことがあるからですか」

「そう、ただそれだけ。でも周りから見たらそうは思わないのでしょうね。もちろん閨《ねや》も共にするけれど、他の四夫人にも差をつけないよう陛下は配慮されているわ」

チャキン、チャキンと切れ味の良い鋏の音が響く。

「でも、懐妊の兆しがある妃はまだいない」

今の後宮には御子《みこ》がまだいない。それ故なのか、四夫人は揃っているものの、その上にある王后という椅子は空席のままである。

現王の統治になって、今で何年くらいだっけと雪花は考える。

先王は暗君と呼ばれており、自ら政をすることはなかったと聞く。後宮に入り浸っていただけあって御子はそれなりにいたものの、後継者を指名することもなくこの世を去ったらしく、その後王位争いが起きたことは想像するに難くない。

それで結局跡を継いだのが、陛下であると噂で聞いた。まあ、その他にも色んな噂がありすぎてどれが真実か分かったものじゃないが。

(陛下は、年いくつくらいなのかな。ゴタゴタを片付けてから後宮を開けたとしたら、三、四年は経っているのか……?)

そろそろ誰か懐妊してもよさそうだが、できないときはできないものだ。

これぱっかりは、当たるか当たらないか運次第――いわば、神のみぞ知るである。

「だけどね、この間、わたしに月の道が二ヶ月弱も途絶えたの。その矢先よ、あからさまに狙われたのは」

「！」

「結論から言うと、妊娠じゃなかったんだけど」

蘭瑛妃は鋏を地面に置くと、苦笑して雪花を見上げた。

「わたし、障りの時の腹痛が嫌でね。和らげるために新しく薬を調合したんだけど、それが周期を狂わせたみたい」

ああ、あれは確かに腹痛が酷《ひど》いと倒れる人もいる。それに貧血も伴ったりと、色々と厄介だ。

妓楼にいる姐《ねえ》さんたちの中にも何人かいたことを思い出す。

「で、何が言いたいのかというと。その時妊娠の可能性を知っていたのは北蘭宮の侍女たちだけだったということ」

金色を帯びた雪花の目が見開かれる。

つまりそれは、情報を流した人物が北蘭宮にいるということではないか。

「あなたには話しておく必要があると思ったのよ。この意味、分かるわよね」

つまりは、周りを——味方を警戒しろということだ。

蘭瑛妃の目が鋭く光る。

『蘭瑛妃は用心深いのです。そして何より勘がいい』

志輝の言葉が蘇《よみがえ》る。

この妃は年齢に似合わず童顔で、態度も子供っぽくてどこかちぐはぐとした印象であったが。

なるほど。どうやら雪花は蘭瑛妃という女性を見誤っていたようだ。年齢以上の高潔な気迫を身にまとい、凜《りん》とした空気を醸し出す彼女は、まさしく貴妃《きひ》の位にふさわしい人物である。

「畏《かしこ》まりました」

ぐっと頷《うなず》いた雪花に、蘭瑛妃も真剣な目で頷き返した。

「あまりこういうことを聞きたくないですが……。蘭瑛様の中で、誰か心当たりはあるのでしょうか」

ここに来てからの日々を思い返してみるが、あいにく雪花の中で引っかかる出来事はない。

「それがないのよ。注意して見ているのだけど、本当に分からない」

根についた土を手で払いながら、蘭瑛妃はため息をつく。

「疑いたくない、という気持ちを捨てきれないでいるからかしらね……。昔はそんなもの、わたしにはなかったのに」

影を纏《まと》って落とされた呟《つぶや》き。蘭瑛妃が自分自身に問いかけているようだった。

蘭瑛妃の言葉をそのまとるなら、昔は周囲を疑って当たり前だった、ということになる。

雪花は何も言わずに黙ったまま、蘭瑛妃にならって、植物についた土を払うのを手伝った。蘭瑛妃もそれ以上は何も言わなかった。

「――さて、そろそろ帰りましょうか」

その日の作業を終えた蘭瑛妃は、気持ちを切り替えるように、いつものように明るく笑って立ち上がった。

蘭瑛妃の代わりに籠《かご》を持ち、雪花はそういえば、と赤紫の花をつけた植物について聞いてみた。

錨《いかり》形をした変わった花を持つそれは、どんな用途があるのかと。

すると蘭瑛妃は、ああそれはね、と教えてくれた。

「強壮剤なのよ。おじさんたちの間で売れ行きがよくってねえ。次の宴でこっそりと売りさばこうと思って」

「…………」

「お金にもなるし、宮中の情報ももらえるでしょ？　それに子作りにも役立つし、一石二鳥ならぬ一石三鳥なのよ」

うっし、と拳《こぶし》を握りしめる蘭瑛妃を横目でみたあと、聞かなきゃよかったと雪花はぼんやりと春の青空を見上げたのであった。

春宴、本番の日。

主《あるじ》の部屋に入れば、皆が蘭瑛妃にうっとりと見とれていた。桜の精でも現れたのかと、雪花も思わず足を止める。

「お綺麗《きれい》です、蘭瑛様」

花街で暮らし、美を競い合う女たちを見てきた雪花でも、お世辞なしに賛辞を送った。

薄紅色の衣は妃の可愛らしさを引き立て、しかし甘すぎないのは縁を彩る金色の刺繍《ししゅう》と、深紅の褙子《はいし》と帯のおかげであろう。

髪は高い位置で複雑に結い上げられ、左右に残した髪は胸元へと流れ落ちる。赤い花鈿《かでん》を額にあしらって、頭には大きな紅玉が埋め込まれた金色の豪奢《ごうしゃ》な髪飾り。

唇に引かれた真っ赤な紅が口元の黒子《ほくろ》と相まって美しい。

一水と静姿は雪花の言葉を聞き、とても満足そうな表情である。

「ありがとう。皆のおかげよ。頭がものすごく重いのが気に食わないけれど。明明、毎度思うけど、これ、どうにかならないの？」

「そのくらい我慢してください。妃の務めです」

「首、折れそうだわ。凶器じゃないの、これ」

「文句はわたしにではなく、考え付いた人に言って下さいね」

口を開けば相変わらずの蘭瑛妃である。

「ふふふ、でも雪花。あなたも化粧をすれば随分と印象が変わるものねえ」

「いつもすっぴんですので」

雪花は化粧が嫌い、もとい面倒くさいので、いつもすっぴんであるが、さすがに今日はそういうわけにはいかなかった。

明明から事前に、蘭瑛妃に恥をかかせないよう必ず化粧をするようにと釘《くぎ》を刺されていた。

そして今朝。寝起きにいきなり静姿たちに拉致《らち》されて、瞼《まぶた》もまだあきにくいというのに、せっせと彼女たちに化粧を施されたというわけである。しかし元が元だから、化粧をしたところで中の下くらいにしかならない。

（早く取ってしまいたい）

化粧をするたびに思うが、こんな肌が呼吸できないようなもの、雪花は嫌いであった。

雪花は用心棒としても働いているが、妓楼で人が足りない時は、客は取らないにしろ化粧をして座敷に出て手伝っていた。

もちろん下働きとしてだが、必要があれば舞踏を披露することはあった。

妓楼に引き取られた際に、帰蝶の計らいで妓女としても仕事ができるようにと一通り教育されたのだが、これがまあ散々な結果だった。二胡《にこ》を引けば不協和音で皆悲鳴を上げ、詩歌を読めば沈黙が起き、書はある意味芸術作品、その他色々……。

故に舞踏は、雪花が唯一できる芸となった。

体が身軽で運動神経もいいこともあって、厳しい帰蝶にお墨付きをもらったほどだ。

(ともかく、終わったらすぐ落とそう)

紅を引いた唇を気持ち悪く思いながら、雪花は終わった後のことをすでに考えていた。

「そろそろ迎えがくる頃ですね」

内宮《ないくう》と外宮の中間に位置する庭園までは、招かれている四夫人はそれぞれ輿《こし》で移動する手はずになっている。

もちろん付き人である雪花たちはそれに付き添い、足で歩く。

「た、大変です――！　明明様っ」

鈴音が慌てて部屋に飛び込んできた。

その目には涙が浮かんでいる。

「どうしたのですか。走るなどはしたないですよ」

「明明様！　そ、それ、それがっ！　今、使者が来られたのですが、御輿《みこし》が途中で壊れたというんです！！！」

「!?」

　明明が鈴音に、どういうことですかと詰め寄る。場の空気が一気に張り詰めた。

　すると鈴音の後ろから、担ぎ手である宦官《かんがん》たちが現れ蒼白《そうはく》な顔でその場にひれ伏した。

「も、申しわけありません！　運んでいる途中で、轅《ながえ》が折れてしまい」

「なぜです」

「わ、わかりません。ただ亀裂《きれつ》が入っていたようで」

「管理はどうなっていたのですか！」

「——明明、原因なんて後でいいわ。今、それに割いている時間はなくってよ」

　蘭瑛妃は両者の間に割って入った。

「このまま替えの輿を待っていたら遅刻、諦《あきら》めて欠席しても恥。さて、どうしましょうか。堂々と歩いていっても良いけど、笑い者よねえ」

　蘭瑛妃の言葉に皆一同、顔に焦りの色が浮かぶ。

　雪花も腕を組んで、何かいい方法はないかと考える。

　そこではたと、先日、志輝に秘密裏に後宮へと帰されたときのことを思い出した。

「手段はどうであれ、見つからないよう先回りして何食わぬ顔でその場にいれば、それで良いのでしょうか」

　無謀かな、と思いながらも蘭瑛妃に訊《たず》ねてみた。

「あら、何か面白い考えがありそうね」

「面白くはありませんが」

雪花はとりあえず、行き当たりばったりな作戦を伝えてみた。

蘭瑛は面白いわ、と目を輝かせ、明明は諦めたように息をつき、残りの者はただただ不安な表情を浮かべていた。

「なら善は急げよ。あなたたちのうち一人はわたしたちが到着するまでに陛下に通行許可をもらってくること。もう一人は雪花の言った通り、準備してきなさい。いい？　死ぬ気で走って手配なさい。そうすれば減刑の口添えを致しましょう」

蘭瑛妃の言葉に、宦官たちは慌ててその場から散っていく。

まあそれはそうだろう。妃《きさき》相手に迷惑をかけたというならば、罰は免れない。

（ああ、恐ろしい）

事故か故意かはわからないが、起こってしまった事実は変えられない。

そして人のことを言えない雪花である。

言い出しっぺである雪花も、とにかくこの窮地を脱しないと、何かしら罰せられるかもしれないのだ。

「さあ、明明。とりあえず重いこれ、とってちょうだい。どうせ乱れるし、こんなので馬に乗ったら本当に首が折れるわ」

「……本気でございますか」

「ええ本気よ。それとも、他に何か妙案があって？　さあ、皆荷物を纏めて。時間がないわよ」

蘭瑛妃はパンッと手を叩《たた》くと、自らも準備に取り掛かったのであった。


「つまらん宴《うたげ》だな」

朱色の礼服に身を包んだ澄王《ちょうおう》——鳳翔珂《ほうしょうか》は不機嫌も露《あら》わに、紙に筆を走らせながら背後に控える志輝に向かって呟いた。

「いっそのこと、倹約とでも称して廃してやろうか」

出かける直前まで仕事を寄越《よこ》してきた有能な側近は、涼しい顔をして、機嫌が悪そうですね、などと嘯《うそぶ》く。

こいつの監視のおかげで、迎えが来るまで筆を手放せない翔珂である。

過労で死んだらこいつを絶対に呪ってやろうと思うが、地獄の閻魔《えんま》相手にも微笑み一つで返り討ちにして従えてしまいそうな奴のことだ。おそらく無理だろう。

長年の付き合いはあるが、紅志輝という男が動揺したところなど一度も拝んだことがない。

美しい顔にいつも微笑を浮かべ、誰に対しても丁寧に話す温厚な麗人。他者はたいてい
そう判断し、女、男問わず魅了される。

しかしその面の皮の下に、冷酷な顔が潜んでいることを翔珂は知っている。

「つまらん時間になるのは分かっている。どうせ狸と狐の化かしあいだ」

詩歌や花見などあくまで建前。

互いの腹の探り合い、牽制《けんせい》し合っていったいなにが楽しいのか。

「そうですが、それを御するのが陛下の務めですよ」

「おまえ、本当に爺《じじい》みたいなことを言うよな」

「これがわたしの務めですので」

やんわりと窘《たしな》める志輝は自分と年はそう変わらないはずなのに、すでに百年生きたよう
な貫禄《かんろく》を感じさせる。

こいつ、やはり魑魅魍魎《ちみもうりょう》の類《たぐい》ではなかろうか。

「まあいいじゃないですか。狐と狸は放っておきつつ、桜に癒《いや》してもらいましょう」

——桜か。

翔珂は、筆を置いて一息つく。

春の季節が廻《めぐ》りくる度に、美しい桜の花を見る度に、一人の少女を思い出してしまう。

薄紅色の花びらが咲き誇り、そして儚《はかな》く散っていく姿に、今もなお心は軋《きし》むのだ。

どれだけ後悔しようと、どれだけ祈りを捧《ささ》げようと、何を犠牲にしようと、時間は巻き戻せないというのに。

いっそのこと、全てを忘れてしまえるならばどれほど楽であっただろう。

だがそれは許されない。

己の罪を忘れるなと、桜が告げるのだ。

己一人のために露と消えた、二人の少女とその家族の命を。

「どうかされましたか」

「……なんでもない」

「そうですか？」

少し感傷的になってしまった自分を翔珂は嘲笑《あざわら》った。

「おーい、へーいかー」

遠慮なしに部屋に入り込んでくるのは、もう一人の側近、護衛担当である蒼白哉《そうびゃくや》だ。

長い髪を後ろで三つ編みにし、人懐っこさを想像させる少し垂れ目なのが特徴の男だ。

いい意味で親しみのある、悪い意味で礼儀知らずな男である。

「なんか、後宮から至急取り次いでくれって言われてさ」

「なんだ？」

後宮といえば、今日出席する四夫人のことで何かあったのだろうか。

「貴妃の使いが来ててさ、輿が壊れたから四の門を通らせてくれって。で、門まで替えの輿で迎えにきてくれってさ」

志輝と顔を見合わせる。

四の門といえば、後宮と外を結ぶ、物資専用の出入り口である。

「輿が壊れたというのは、蘭瑛は怪我をしたのか？」

「いや、それはないみたい。それで――」

一通り白哉から報告を受けると、翔珂は驚き、口を半開きにしてしばらく固まった。

元より蘭瑛は予想のつかない行動に出ることが多かったが、今回もなかなか面白いことをしてくれる。

つまりはこういうことだ。

貴妃として宴に遅刻をするわけにも、欠席をするわけにもいかない。

なので人目につかない物資専用通路を使って蘭瑛を後宮の出口まで運び、そこから替わりの輿で迎えにこいというのである。

四の門は馬や荷馬車が通れるので、確かに輿で移動するよりも遥《はる》かに早いが。

「別にいいと思うが……。しかし、誰が馬に乗るんだ」

「ああ、志輝が連れてきた護衛が馬を走らせるってさ」

あの妙に肝の据わっていそうな小さい護衛か。機転が利くというのか、なんというか。

一方志輝を見遣《みや》れば、手で口元を覆って珍しく笑っていた。

（志輝が笑ってる……？）

翔珂は思わず目を白黒させた。

今まで彼が笑う、といえばほとんど嘲笑う時くらいだ。笑う、というか嗤《わら》う、といった感覚か。

「……志輝が笑ってる。ねえ、陛下。志輝が笑ってる。なんか怖いんだけど、そう思うの俺だけ？」

白哉も、そんな彼を目にして驚き固まっている。

「は、はは……。楽しませてくれますね、本当に」

楽しませてくれるというのは、あの玄雪花という少女のことだろうか。

志輝が他人に──しかも女性に興味を持つなんて。そんな彼の姿を初めて見る二人は、啞然《あぜん》として見つめていた。

「陛下。今年は楽しめるかもしれませんよ」

志輝は心底楽しそうに、そう告げた。

なに食わぬ顔をして、庭園の近くに張られた天幕に到着した蘭瑛妃一行。妃の中では一番先に到着するという予想外の早さであった。

荷馬車を借り、雪花自ら馭者《ぎょしゃ》となり北蘭宮と四の門を二往復して皆を高速移動させたのだ。運んでくれた馬に感謝である。

蘭瑛妃などは荷馬車に乗れたのが楽しかったようで、後から馬に褒美をやろうと、自分の小遣いで人参《にんじん》と牧草を取り寄せる算段までする余裕があるらしい。

(褒美はいつも振り回されてる明明様にでも差しあげてくれないかな)

普通の馬車とは違って造りが簡素な荷馬車は、さすがに振動が多かったようだ。酔ってげっそりしている明明に、同情する雪花である。

それでもせっせと貴妃の身なりを確認し、他の者に的確な指示をだす彼女はまさに侍女の鑑《かがみ》だろう。

雪花は特に何も指示されていないので、邪魔にならないよう、天幕の隅に控えていた。

「蘭瑛様。陛下がお越しに」

「あらあら」

蘭瑛妃は立ち上がって入り口へと出向く。

「無事に着いたようだな」

重そうな冕冠《べんかん》を被《かぶ》った陛下が現れ、皆頭《こうべ》を垂れる。じゃらじゃらと揺れる珠玉が邪魔そうだ。

そんなものを被らなければならない王様も大変だなあと、他人事《ひとごと》のように思いながら頭を下げる途中、彼の後ろに控えているよからぬ者と目があってしまった。

（げっ）

雪花は僅《わず》かに口元を歪《ゆが》めて、視線を素早く逸《そ》らした。

陛下を目の前にしても、彼が持つ煌々《きらきら》しさは健在のようだ。雪花の雇い主である、麗しい貴人こと紅志輝がそこにいた。

彼の美貌《びぼう》にやられてか、気分が悪かったはずの鈴音、一水、静姿の頬にも朱が差し、ちらちらと視線を向けている。

本当に罪な男である。一体どれだけの人間を誑《たぶら》かしてきたんだか。

雪花は俯《うつむ》きながら、絶対に視線を合わせまいとする。ねっとりとした蛇みたいな視線を感じるが、気のせいだということにする。

「お手数をおかけしました」

「いや……こちらこそすまないな。原因は調べさせる」

「はい」

「ではまた後で会おう」

どうやら様子を見に来られただけらしい。

ほっと息をつこうと思ったが、次の陛下の言葉に表情を強張《こわば》らせた。

「ああそうだ。玄雪花、この男がおまえに用があるらしい」

この男というのは、志輝のことである。雪花は文字どおり、表情を固まらせた。

そんな雪花を、陛下と三つ編みをした青年が興味深そうに見つめると、二人して何かを呟《つぶや》きながら去っていった。

(わたしは珍獣か)

居心地の悪い雪花である。

志輝が蘭瑛妃に目配せすると、彼女は仕方ないわねと言いながらも目を爛々《らんらん》とさせて、行ってきなさい、と雪花に告げる。主《あるじ》にそう言われてしまっては仕方がない。

ため息をこっそりつきながら、苦手な美男の後を追って天幕を出た。後ろから突き刺さる複数の視線が痛い。きっと後から問い詰められる予感がする。

我関せずの志輝は、少し歩いたところで足を止めて振り返った。

「面白いことを考えつきましたね。四の門を利用するとは。逆に利用されるとは思いませんでした」

抜け井戸を発見した際のこと。外宮《げくう》からの帰り道、後宮の正門である一の門からは入らず、物資が通る四の門に志輝が手回しして、秘密裏に帰してくれたのだ。

それを今回雪花が利用しただけのことである。

「お陰様で助かりました。ありがとうございました」

礼だけ伝えて一刻も早くこの場を後にしたい雪花は、お辞儀をしてそそくさと立ち去ろうとした。だが、そうは問屋が卸さない。

肩をぐっと摑《つか》まれてその場に縫いとめられた。

なんだと思って振り向けば、無駄に美しい顔が間近にあって顔を最大限顰《しか》めてしまった。

「そんな顔をされると傷つきますね」

傷つくといいながら、なぜ毎度嬉《うれ》しがる。まったく理解できない。

なんとか表情を戻しつつ、両手を突っ張って極力距離を取ろうとするが、志輝の手は緩むどころか強まっていく。しかもなぜ、腰に手を回す。

「まだ何か御用でしょうか」

「用があるから捕まえているんです。どうして逃げるんですか？」

「お美しい方は苦手だとお伝えしたはずですが」

「顔だけのハリボテ野郎はこの世から滅べ、でしたか」

「そこまで言いましたっけ」

「ええ。記憶力はいいほうなんで」

「ああ、粘着質っぽいですもんね」

心の声がそのまま漏れてしまい、しまったと思っても遅い。志輝の笑顔は人が悪そうなものへと変化する。

ぐっと腰を引き寄せられると、次に頬を固定された。

「気になる女性のことなら、些細《ささい》なことでも記憶しているものです」

などとふざけたことを耳元で囁《ささや》いてくれる貴人に、ぞわりとした寒気が足元から一気に駆け上がる。

普通なら腰砕けになる状況かもしれないが、雪花にとっては、油虫が足元から集団で襲い掛かってくるような感覚でしかない。

衝動的に、彼の鳩尾《みぞおち》に拳《こぶし》を何発もお見舞いしたくなるが、借金返済の手前なんとか踏みとどまる。

金が遠のいてはお終《しま》いだ。

我慢しろと、目の前の顔を金貨だと思うことにする。

「今日は化粧をされているのですね」

「今日は義務なので」

「可愛いです」

「あははは、優しいお気遣いどうもありがとうございます」

「お世辞じゃないですよ。本当、変な虫がつかないか心配です」

今、目の前にいるあんた様が最悪最大の虫である。

「なので、これをどうぞ」

「は」

左手を取られたと思ったら、一瞬のうちに腕輪をはめられていた。

「なんですか、これ」

金色の腕輪には細かい文様が彫られていて、小ぶりな紅玉が一つ埋め込まれている。

「差し上げます」

「結構です」

「無料《タダ》ですので受け取ってください」

無料、という言葉に雪花はピクリと反応した。

貧乏性が染みついている雪花は、無料、特売、オマケという言葉にとことん弱い。

ちなみに嫌いな言葉は値上げ、増税、借金である。

「ではありがたく」

ここでの仕事が終わったら、即行で売り飛ばそう。

きりっとした顔をしつつ、頭で金に換算する雪花である。

「……売り飛ばしたら許しませんよ」

雪花の考えを見透かした志輝は、じとりと半目になって釘《くぎ》をさした。

そんな二人のやり取りを木陰から見ていた人物がいる。

「ありえない……！　お兄様がそんな……！」

彼女の名は徳妃《とくひ》こと紅麗梛《れいな》。彼女の目は驚愕《きょうがく》に見開かれ、わなわなと震えていた。

少し外の空気を吸おうと天幕から出てみれば、幼い頃から麗梛の憧《あこが》れであった志輝が、謎の侍女と密会しているのだ。

誰だあれは。

しかもかなり親密そうである。

「お嬢様、これは由々しき事態では！」

側に控えるのは侍女の一人、芙蓉《ふよう》である。

「大変だわ。紅薔薇会《べにばらかい》始まって以来の衝撃報道よ。宴《うたげ》どころじゃないわ！　会長として、早く皆様にお知らせしないと！　それに紙を用意してちょうだい！　目眩《めくるめ》く壮大な物語ができそうよ！」

「まぁ！　大流行間違いなしの予感ですねっ」

「早く取り掛からないと！」

二人は意気込み、いそいそと引き返していく。

「それにしても、彼女はどちらの侍女なのかしら」

「見慣れない顔でしたね」

「宴の席でわかるかしら。ああ、胸騒ぎが止まらないわ。人目を避ける秘密の逢瀬《おうせ》。思わず抱きしめてしまう恋い焦がれる衝動！」

「にしては、彼女の方は嫌そうにしてませんでした？」

「それはきっと、迷いがあるのよ！　そうね、彼女には許嫁《いいなずけ》がいるのかもしれないし、もしかしたら身分違いなのかもしれないわ」

「なるほどー。さっすが麗梛様、想像力が半端ないですね！」

「あぁ。孤高の貴公子が恋したのは、後宮に咲く一輪の花。中々会えぬ日々、恋い焦がれる心と体！　燃え上がる、恋……！」

「きゃーっ！　なんだか興奮してしまいますわっ」

「さぁ、もっと悶《もだ》えたいなら、早くわたしに紙と筆を用意なさいっ」

「了解です！」

　春宴は波乱の予感満載であることに、雪花は気付く由もない。

雅《みやび》な音楽が奏でられ、雲一つない青空の下。宴は始まりを告げていた。

庭園にはどこから水を引っ張っているのかは知らないが、小さな川が曲線を描いて流れ、桜の木々が風に揺られて花びらをふわりと散らす。

奇異な形をした岩が所々に置かれており、見る人が見れば芸術的に素晴らしいものなのだろう。……雪花にとってはただの変な石にしか見えないが。

蘭瑛妃の横で団扇《うちわ》をゆっくりと扇《あお》ぎつつ、詩歌を聞いてもさっぱりな雪花は辺りを観察することにした。

まず上座に王、彼の前に四夫人が左右に二人ずつ侍《はべ》り、後は宮中のお偉いさん方がずらりと並ぶ。

もちろん陛下の左右には側近二人がつき、紅志輝の姿も見える。

その場に控えている女官や侍女たちが、陛下ではなく志輝にうっとりとした視線を送っているのは言わずもがな。

蜜蜂《みつばち》が一つの花に集まっているような光景だ。ただし、花は花でも底意地の悪い毒花である。

次に雪花が視線を向けたのは、陛下を挟み、蘭瑛妃の目の前に座る淑妃《しゅくひ》――蒼桂林《そうけいりん》。

先日明明に喧嘩《けんか》をふっかけてきた、南桜宮侍女《なんおうきゅう》たちの主である。

背が高く細身で、大人びた印象を与える女性だ。華やかな顔立ちをしており、目尻《めじり》に入れた朱がよりいっそう気の強そうな瞳《ひとみ》を飾り立てる。

陛下の手前か微笑を浮かべてはいるが、蘭瑛妃とはあまり仲が宜《よろ》しくないようだ。目が笑っていない。

なにしろ先程すれ違った際に、二人がさっそく笑顔の応酬を繰り広げていたのを思い出す。

顔を合わすなり淑妃が、『輿《こし》をお見かけしなかったので、てっきり欠席なさるのかと心配しましたわ』と、さっそく嫌みを真正面からぶつけてきた。勿論《もちろん》それくらいで怯《ひる》む蘭瑛妃ではない。

にこりと笑って、『心配してくれてどうもありがとうございます。南桜宮の皆様は、主従揃って心配性のようで。確か、この間も侍女の方々がわたしを心配してくださったのよ』と答えた。

先日、明明に対して喧嘩をふっかけてきた時のことを言っているのだろう。南桜宮の侍女たちがぎくりと表情を強張らせる。あの場にいなかったのになぜ知っているという表情だ。

『わたしも無事出席できた桂林殿と、楽しいお話ができて嬉しい限りですわ』

と、扇を広げて蘭瑛妃は猫のような目を細めた。

おかげでその後も、両者の間には見えない火花が散りまくっている。

(南桜宮とは仲が悪い、と。うーん、輿を壊したのも彼女たちなのか？)

これだけ敵意を向けられていたら、疑わしさも増してくる。

とりあえずバチバチと散っている火花が怖いので、一旦《いったん》彼女たちから視線を外す。

次に雪花が視線を向けたのは、蘭瑛妃の隣に座る賢妃《けんぴ》——皛邑璃《はくゆうり》。西菊宮《さいぎくきゅう》の主人である。

白く透ける肌をもち、白百合《しらゆり》のような儚《はかな》い印象を与える清らかな美人である。

涼しげな目元とは反し、石榴《ざくろ》のような赤い唇が艶《つや》やかに光っている。

彼女は蘭瑛妃を含め、他の妃に対して特に敵愾心《てきがいしん》を表すことはなく、静かな微笑を浮かべているだけだ。立ち居振る舞いなど所作のひとつひとつが流れる様で洗練されており、彼女に礼儀作法を習いたいと憧れる者も多いらしい。侍女たちも主人にならって行儀よく控えている。

ただ、妃の一番近くに控える侍女の一人だけ、美しい白色の覆面を被《かぶ》って目から下を覆っていた。彼女の頬には見るに堪えない火傷《やけど》跡があり、それを隠しているそうだ。

そして、それに纏《まつ》わる怖い噂が一つ。その火傷は、彼女の美しさに嫉妬《しっと》した賢妃が負わせたというのだ。鈴音がこっそりと教えてくれた。

(その噂が本当なら、清楚《せいそ》な顔をしてとんだ女狐だ)

これまた怖いので、蘭瑛妃の斜め前——淑妃の隣に座る徳妃に視線をやった。

徳妃の名は紅麗梛——東梅宮《とうばいきゅう》の主人であり、まだ幼さが抜けきらない、四夫人の中では最年少と思われる妃である。

しかし幼いながらになんというか。紅志輝の親族だけあって、美形の遺伝はちゃんと組み込まれているらしい。誰が見ても美少女だと褒めそやす容姿をしているのだ。愛くるしいぱっちりとした目に、血色の良い可愛らしい頬。華奢《きゃしゃ》でほっそりとした首筋、細くくびれた腰。微笑み一つで、男なら誰でもデレデレしてしまいそうな妃である。

蘭瑛妃とは親交があるらしく、先程二人が楽しげに言葉を交わしているのを見た。くるくると変わる多彩な表情は見ていて可愛らしいのだが。

（……なぜ、わたしを睨《にら》む？）

睨むというか、観察されているというか、とにかく見られている。

あまりにじーっと見つめてくる視線に、雪花もさすがに居た堪《たま》れない。

何かしたっけかなと思い返してみるが、何も身に覚えがない雪花である。

徳妃に詩歌の順が回ってきたので、一旦視線から解放された雪花は、団扇を扇ぐのを一水と代わってもらって蘭瑛妃の後ろに隠れた。

「あの子に何かしたの？」

扇で口元を隠し、小声で聞いてくる蘭瑛妃。

「いえ、まさか。初対面ですし」

「そうよねえ。あの子が興味を持つっていったら――あっ」

言いながら、蘭瑛妃は雪花の左腕に嵌《は》められた腕輪を認めると、なーるほどねー、ふーん、と一人だけ的を射たように呟《つぶや》いた。

「やはり何かしてしまったんでしょうか」

「さぁ？」

蘭瑛妃はにやにやした表情のまま口を閉ざし、徳妃が詠みだした歌に耳を澄ました。

（一体何なんだ……）

全くもって、個性豊かな妃たち。

暗殺未遂にしろ、輿の嫌がらせの件にしろ、怪しい人物ばかりである。

頭の中を整理していると、いつの間にか詩歌の順番が蘭瑛妃に回ってきたようで、彼女は美しい声で詠みあげる。

桜が美しすぎるのは
儚く散ってしまうからなのでしょうか。
それがあなたの心を奪うなら
わたしも桜のように散ってしまえば
あなたはわたしを見てくださりますか。

と、陛下への恋歌を歌い上げた。

可愛い焼きもちを焼いている歌で、意外だった。蘭瑛妃と陛下の関係は、なんとなく友人のような雰囲気が強かったから、そんな歌を詠むとは思わなかったのだ。

いや、まぁそりゃやる事はやっているが。

(女心は、海よりもまだ深いって姐《ねえ》さんたちが言ってたな)

蘭瑛妃の気持ちは、彼女にしか分からない。ましてそれらの感情が完全に麻痺《まひ》している雪花にとったら、一生理解できないのだろう。

だから陛下の顔が寂しげに微笑んでいたのにも、雪花が気づくことはなかった。

人集《ひとだか》りから離れた場所で酒を呷《あお》り、宴の様子を遠くから眺めている初老の男女三人組がいた。

「なんともまぁ、今の後宮は活気がないことだ。四人の妃だけとは。だが、その方が秩序があって良《い》いってもんか」

一人の男は、特注の大きな盃《さかずき》になみなみ酒を注ぎ、豪快に呷っている。坊主頭に頭巾《ずきん》を被った、僧侶《そうりょ》のような出《い》で立ちである。

年をとってもなお精悍《せいかん》な顔つきをしており、がっしりとした筋肉質な体をしている。

「先代は、国庫を食いつぶしてくれた上に散々かき乱してくれたからね。それに比べて今の坊やは、四家の均衡をうまく保ってるじゃないか」

官服に身を包んだ白髪頭の女性も、片膝《かたひざ》を立てて瓢簞《ひょうたん》に直接口をつけている。髪を後ろで一つに括《くく》り、顔にはいくつも皺《しわ》が走っているが、真っ赤な紅が似合う女だ。

「質素倹約、素晴らしい響きや。まさかあの王子が今や王とは。先代が一番遠ざけたかっただろうになぁ」

もう一人、眼鏡をかけた男はただの水を飲んでいた。下戸なのである。

ただ酒は飲めないが大の甘党で、彼の前には饅頭《まんじゅう》がたくさん積まれている。見る人が見れば胸焼けしそうなきつい光景である。

饅頭二つを頰張りながら、しかし、と言葉をつづける。

「世継ぎがおらんっちゅうのも問題やな。せっかく整えた地盤が揺らいでしもたらどうするねん。まさか、陛下と最も所縁《ゆかり》のある色が足らへんからか？」

その言葉に、酒をあおる二人の手が止まる。

元々五家の姓――紅・蒼・姫・皛・黎《れい》は赤・青・黄・白・黒の色に由来していると言われている（姫家だけなぜそのような字になったのかはわからないが、初代当主の強いこだわりだと言われている）。

現在四夫人として入内《じゅだい》しているのは、紅・蒼・姫・皛家の姫。足りない色というのは

——黎家を指す。

「黎家……。あの災いに巻き込まれ、現当主を除いて姫はいなくなってしまったからね。確かにあの姫が生きていたなら、今頃王后になっていてもおかしくはなかっただろうに」

「だが本当の理由はそれだけではないだろう。——まあ、これ以上は口に出してはならんな。忌々《いまいま》しい過去のことなど」

「せやなぁ……って。せっかくの花見やのに、妙な空気になってしもたやないか。あ、せやせや。蜜柑《みかん》いるか？　これな、わしが育ててん」

「「いらん」」

「まあそういわず」

いらんと言っているのにも拘《かか》わらず、ほい、とどこからともなく取り出した蜜柑を、眼鏡の男は二人に押し付ける。

「今年は甘くできたんや。食べてみ」

「相変わらず、人の話を聞かない奴だね」

「ははは、おおきに」

「褒めてないよ、この狸爺《じじい》」

「まったくだ」

「二人して冷たいなぁ。欲しい言うても次はあげへんで」

「言わへんわ！」

三人が昔と変わらず、年甲斐《としがい》もなくぎゃあぎゃあと騒いでいると、風が吹き抜け桜の花びらを撫《な》でていく。

薄紅色の花びらたちがふわりと舞って、青空に吸い込まれていった。

四章

退屈な宴《うたげ》から解放された、その日の夜。

控えの間で、北蘭宮《ほくらんきゅう》の侍女たちは皆で食事を取っていた。

皆疲れていたのかお腹が減っていたらしく、すごい勢いで口に放り込んでいく。

「静姿《せいし》ったらたくさんお花もらってたよねー」

「やめてよもう。皆も貰《もら》ってたじゃないの」

皆休憩中に、そわそわした殿方から花や手紙をいくつも受け取っていた。

なるほど、こうして結婚相手や恋人を見つけていくのだな。

雪花《せっか》も羹《あつもの》を啜《すす》りながら、彼女たちの会話をそれとなく聞いていた。

「星煉《せいれん》なんか、その場で告白されてたじゃないの」

静姿がにやにやしながら星煉をみるが、彼女の表情は相変わらずの無表情だ。

星煉の表情が変化したことなど見たことのない雪花である。彼女でも異性に恋したりすることはあるのだろうか。

「婚約者がおりますので、お断りしました」

「「えぇ!?」」

皆一同、箸《はし》をおいて身を乗り出す。

「親の決めた許婚《いいなずけ》です」

「ええ！　じゃあ星煉、いずれその人と結婚するの!?」

「鈴音《すずね》、ご飯粒口についてる」

「ああ、ありがとって！　ええ！　なにそれ、初めて聞いたんだけど！」

「初めて言いましたので」

「ひゅー」

行儀悪く口笛を吹くのは、一水《いずみ》である。静姿が鋭い横目で窘《たしな》める。

「そっか。確か星煉のお父さん、官吏だもんねえ」

「まあ一応」

やはり皆、それなりの家柄なのだなあと思い直す。この中に内通者がいるとは、にわかに信じがたい話である。

「わたしなんて、蘭瑛《らんえい》様に運よく拾ってもらっただけだしなあ。なんかそういうのって憧《あこが》れるなあ」

「そんなに羨《うらや》ましがられるものでもない。勝手に決められたもので、そこに鈴音が望んでいる感情なんてない」

いち早く食べ終わった星煉は箸をおいて、湯呑《ゆのみ》に手を伸ばす。

「ねえ鈴音。拾ってもらったってどういうこと？」

皆のことを聞くいい機会かと思い、雪花は自ら問いかけた。

「あそっか、雪花は知らないんだね。ええとほら、うちは貧乏貴族だって言ったでしょ。だから働かないといけなくって。それで仕事を探している途中にね、変な店を紹介されそうになったことがあるの」

「え」

「でも、ちょうど通りかかった蘭瑛様が助けてくれてね。うちで働かないかって」

貴族といえども、色々と苦労しているのか。確かに、底辺にいる貴族よりも商人のほうが羽振りは良い。妓楼《ぎろう》で暮らしていれば分かるものだ。

「それで、拾ってもらったってことか」

「そういうことっ。それで、明明《めいめい》様、静姿と一緒にしばらく姫《き》家で働かせてもらったの。それからちょっとして蘭瑛様の後宮入りが決まって、一水と星煉と出会ったんだよ。ねっ」

鈴音は明るい笑顔で一水と星煉を振り返った。本当に、憎めない明るい少女だ。

「あっ。でも、そういえば星煉はなんでここに来たの？　一水はお行儀矯正のために放り込まれたって聞いたけど」

無邪気に首をかしげる鈴音に、一水は茶を噴いた。

「……すーずーねー。もう少し言い方があるだろ」

またもや静姿に横目で睨《にら》まれながら、一水は口元を手巾《しゅきん》で拭《ぬぐ》った。

「あら、鈴音の言うことは間違ってないわよ」

「あのね、静姿。男兄弟に囲まれてりゃ自然とこうなるんだよ」

「どうかしら。でもまあ、だいぶマシになった方かしら。はじめの頃なんて、蟹股《がにまた》で歩くわ、おっさんの如くどでかいくしゃみをするわ、股を開いて座るわ――」

「だぁあっ！　もう昔のことはいいだろ！」

一水は声を上げると、静姿の口を塞《ふさ》ぎにかかった。

「……まあ、雪花のほうが少しマシってことね。妓楼にいただけあって」

星煉がぽつりと呟《つぶや》く。

……少しマシ、ということは、ほぼ初期の一水と同じと認識されているということか。

雪花はそりゃどうも、と短く答えておいた。

「もう、一水は騒がしいなあ」

「鈴音、おまえが振った話だろっ」

「……一水、言葉遣い」

「静姿、おまえはわたしの姉ちゃんかっ」

わいわいと賑《にぎ》やかな同僚たち。するとあまりに煩《うるさ》かったのか、明明が怖い顔をして扉から顔をのぞかせた。

「あなたたち、少しは静かに話せないの」

鶴の一声に、皆はすみませんと謝って声を潜める。

明明が去っていったことを確認すると、皆は「はぁーっ」と肩の力を抜いた。

「もう、一水のせいだからね」

「なんでわたしのせいなんだよ」

「だって声が大きいもん」

「はぁ⁉」

「ほら、それっ」

確かに、声はでかいかもしれない。一水の声は腹からしっかりと出ているのか、よく通るのだ。

一水は不服そうな顔をして黙った。

「で、話が逸《そ》れちゃったけど、星煉はなんで？」

「……理由？」

「うん」

すると星煉は、やや上を見て考えるそぶりを見せた。

「理由になるか分からないけど、許嫁に頼まれた」

「後宮に侍女として入るのを……？　なにそれ！　下手したらお手付きになるかもしれないのに!?」

皆も初耳だったようで、信じられないといわんばかりに星煉を凝視する。

「いや、そうじゃなくて……」

「星煉、そんな鬼畜男を庇《かば》う必要なんてどこにもないよっ」

「そうだよ。なに、そいつ本当に最低だな」

「本当、世の中には最低な男がいるものねえ」

鈴音、一水、静姿がそれぞれの感想を述べる。

一方の星煉は「でも……」と弁明しようとしたが、三人の憤慨した顔を前に、諦《あきら》めて言葉を飲み込んだように見えた。

「はぁー。やっぱり、恋愛結婚なんて夢のまた夢の話なのかなぁ」

鈴音はがっくりと肩を落とし、大きなため息を吐き出した。

「鈴音、そういうもんだって。諦めな」

「一水まで。でも、やっぱり恋して結婚したいじゃない」

「そりゃそうだけどねえ」

「静姿もそういうのってあるの？　実家は大きな商家だって聞いたけど」

「商家なら家によりけりかしら。残念だけど、わたしの家はないわね」

「じゃあ今日花をもらった人たちの中で、いいなって思った人はいなかったの？」

「鈴音、先に食事をしなさい。お喋《しゃべ》りばっかりして、食事が進んでないわよ」

「じゃあ教えてよ」

「いないわ。ほら、さっさと食べなさい」

「ちぇ、ケチ」

「なによケチって。本当のことを答えただけでしょう」

鈴音は口を尖《とが》らせると、とりあえず身を引いて、言われた通り残った食事に箸を伸ばした。

本当に皆、仲の良い姉妹のようだと、傍で見ていて雪花は思う。

「静姿はモテるのになあ。長女なだけあって、しっかりしすぎてるのがたまに瑕《きず》だな」

一水も食事を平らげて、にやりと笑って静姿をみた。

「わたしのどこがしっかりしてるのよ」

「優秀だよ、静姿は。なんでも器用にこなすしさ。わたしらの面倒も見てくれるし」

「……そうかしら」

「そうだよ。ちょっとくらい肩の力を抜いたほうがいいよ。じゃないと本当に、器用貧乏のせいで婚期まで逃しそうだ」

その言葉に静姿は目をまん丸くさせた。しかしすぐに、わざとらしい高飛車な笑みを口元に浮かべる。

「あら、一水にだけは言われたくないわね」

「なんだと、人が心配してやってるのに」

「人の心配をする前に、自分の心配をしてちょうだい」

「ったく、ああいえばこういう……。可愛くないなぁ」

二人が互いに噴き出すから、雪花たちもつられて頬を緩ませた。

皆の湯飲みに茶を注《つ》ぎ足してくれている星煉も、口端が僅《わず》かに持ち上がっている気がする。

一水は星煉に礼を言うと、「で、問題はこっからだ」となぜか雪花のほうを指さした。

「この場で一番追及しなきゃならん奴が残ってる」

皆の視線が一斉に雪花に集中する。

「雪花さん。あの腕輪はどうしたのかな？」

星煉までもが気になるようで、そそくさと席について、じいっと雪花を見た。

腕輪とはあれだ。あの麗人に無理やり押し付けられた品である。

「女の願望が具現化した麗人に、腕輪をもらってたじゃないの」

願望が具現化ってなんだ。だが妙に的を射た表現である。

そうだ、あやつは現実世界よりも二次元にいると言われたほうがしっくりくる。

「しまってあります。装飾品の類《たぐい》は苦手なので」

ここでの仕事が終わればもう会うこともないだろうから、脅されようとも後でこっそり売りさばく気でいる。

「うん、それがいいね。雪花、君は完璧《かんぺき》に紅薔薇会《べにばらかい》を敵に回しただろうからね」

「そうねえ。雪花、明日から身の回りには十分気を付けるのよ」

「なんですか、その紅薔薇会って。それに何に気をつけろと」

雪花の言葉に、皆が一瞬啞然《あぜん》として固まった。

「な、ななな――！　雪花ってば、紅薔薇会を知らないの⁉」

「はあ」

いち早く反応したのは鈴音だった。

再び席から立ちあがり、バンッと両手で卓を叩《たた》く。

なんだ、そのふざけた名前の会は。

「誰か薔薇でも育てているんですか」

「ばっか！　違うわよ！　紅志輝《こうしき》様を崇《あが》める後援会《ファンクラブ》よ！」

「…………」

雪花は顔を大きく、そりゃもう大きく顰《しか》めた。顔じゅうの筋肉が最大限に引き伸ばされた。

目も胡乱《うろん》げになり、腐った魚のような目になった。

なんだ、そのふざけた集団は。

「……その顔、他所《よそ》でしないほうがいいよ」

「すみません。あまりに予想だにしていなかったもので」

引いている一水に指摘され、雪花は自分でぺしぺしと頬をたたいて表情を戻す。

「彼は乙女たちの貴公子というか。いや、もはや神というべきか。まあそれで、憧《あこが》れというか、崇拝しているというか、愛慕というか」

一水の言葉には纏《まと》まりがないが、なんとなく言いたいことはわかる。

つまりは何か。乙女たちが奴を偶像崇拝しているってことか。現実を知れば一瞬で壊れる夢だな。

「紅家を連想させる紅玉の腕輪だもの。皆気づいたはずよ」

あいつ、何が虫よけだ。

虫よけどころか、自分が彼女たちの虫――それも害虫になってしまったではないか。

決めた。売り払う。絶対に売り払ってやる。

「ねね。で、ずばりどういう関係なの⁉」

「ただの雇い主です」

雪花はきっぱりと言うが、鈴音たちは納得していないようだ。

なぜだ、なぜ納得しない。

「でも志輝様はそれだけじゃなさそうだったわよ。ねえ？」

「うん、女性に興味ないんじゃないかってまで言われてたくらい、今まで浮ついた噂がなかったもの」

「毛並みの違う自分が珍しいだけですよ。本当に何もありません」

気になるなどと言っていたが、今まで彼の周りにいたであろう淑女たちと比べて、珍獣扱いしているだけである。

「徳妃《とくひ》様、ガン見してた」

ぼそりと、星煉が呟く。

「徳妃様？」

「ああ、紅薔薇会の会長らしいわよ」

「気を付けなさいよー。明日の朝、寝首かかれないようにね」

皆が真剣に頷《うなず》く中で、んな訳あるか、と軽く考えながら夜食である胡麻《ごま》団子を口に放り込む。

とりあえず雪花は、すべての元凶である麗人を恨むのであった。

そしてその翌日。まだ日も昇らぬ早朝。

「——……嘘だろ」

眠たい眼をこすりながら、雪花は部屋の入り口で突っ立っていた。

鶏の死骸《しがい》が、赤い薔薇の花びらと共に置かれていたのである。

はて、どうしたものか。

ご丁寧に薔薇の花びらを一緒においていくということは、昨夜言っていた紅薔薇会なる者の仕業か。

「おっはよー、雪花。どーしたのーって……え？　きゃあああ！」

鈴音が悲鳴を上げて、その場に尻《しり》もちをつく。

その悲鳴に、侍女たちが皆気づいてわらわらと集まってきた。

「これって、まさか——」

「…………」

皆が顔を顰めながら、言葉をなくす。

雪花はふむ、と何を思ったのか鶏を掴《つか》むと、スタスタと歩き出す。

「せ、雪花っ？　どうするの!?」

「いや。せっかくだから、捌《さば》いて焼き鳥にでもしようかなと」

「は⁉」

「調理場、少し借りてきます」

首を絞めて間もないようだ。

(久しぶりのごちそうだ)

後宮の食事も上品で悪くはないが、市井と違ってがっつり肉を食べられない。タレがないのが残念であるが、塩だけでも絶対に美味《うま》いに違いない。

ほくほくした表情で雪花はその場を立ち去っていく。

「……あの子、さすがだね」

「儲《もう》けたって顔してたもんね」

「……恐ろしい子」

「…………」

その日北蘭宮には、鶏を焼くいい匂いが朝から広がっていた。

もちろん蘭瑛妃が気づかないわけもなく、侍女たちから事情を聞き出した彼女は、お腹を抱えて笑い転げていた。

(それにしても、どうやって宮に忍びこんだのかな)

焼きながらふと疑問に思ったが、まあいいかと考えを放棄した雪花であった。

雪花は仕事を終えた深夜、宮女専用の風呂場《ふろば》にいた。時間が遅いので、思ったよりも空《す》いている。たいてい混雑していて、普段はゆっくりと湯に浸《つ》かることはなかったが、今日は久々にのんびりできそうだ。

先に髪と体をさっさと洗ってしまうと手ぬぐいで髪をまとめ上げ、雪花は湯船の隅っこで足を伸ばしてほっと一息ついた。隅を選ぶのは、背中に走る大きな傷が目立って人目を引いてしまうからである。雪花自身は気にしていないが、ある人は痛々しそうに見たり、またある人は気味悪がったりするので、癒《いや》しの場所でもある風呂場で他者が気分を害さないよう、雪花なりに考えた結果である。

「ねえねえ、これは知ってる？」

湯煙の向こうで二、三人が話に花を咲かせている。先ほどから様々な噂話をしているようだ。

言っておくが決して盗み聞きではなく、風呂場の壁に反響する声が否応《いやおう》なしに聞こえてくるのだ。

どの妃《きさき》が一番に子を授かるかとか、大事なところがないのに宦官《かんがん》の誰々が格好いいやら、陛下の好みやら、玉の輿《こし》に乗りたいやら、まあ話題に事欠かないことである。

「先王様は悪霊に取り憑《つ》かれてたって話」

「え、なにそれ？」

「わたし聞いたことある。昼と夜で別人みたいに性格が一変したって」

「そうそう。夜になると、悪霊が取り憑いてたんじゃないかっていうくらい、気味が悪かったらしいよ」

「悪気に当てられたのか、気が狂ったお妃様もいたみたい」

「怖っ。なにそれ」

「悪霊は先王様だけでは飽き足らずに、御子《みこ》様たちも亡き者にしたんじゃないかって」

「でもあれは流行病《はやりやまい》だったんでしょ？」

「だから、それが悪霊の仕業じゃないかって話よ。唯一難を逃れたのが、奇《く》しくも辺境に追いやられていた、今の陛下らしいよ」

後宮だけあって、なかなか常識から逸脱した話が出回っているようである。

悪霊かなんだか知らないが、目に見えないものは信じない主義だ。

雪花は話半分に聞いていたが、一つだけ引っかかることがあった。

（辺境にいた……？　陛下が？）

記憶の断片が、脳裏できらりと光る。

（まさか――）

雪花は目を閉じて、ここ数年、自ら辿《たど》ることもなかった記憶の糸を手繰り寄せる。思い出せば、息が詰まりそうになる、粉々に砕け散った記憶を、過去を。

あれはいつ。いつのことだ。

『すまない……！　間に合わなかった！』

違う、違う。その前だ。

そう……白が真っ赤に染まる前。

両親が、姉が、彼が、彼の母親が、まだ皆、生きていた時。緊迫した空気の中交わされていた会話だ。

『っ行きなさい……！　早く、逃げなさい！　早く……！』

『殿下を守りなさい！　そして、生き残りなさい……！』

『居場所を言え、餓鬼！』

『――やめて、その子を放して！　いや、いやぁあああああ！』

姉の悲鳴が鮮明に蘇《よみがえ》り、背中に走る古傷が強く痛んだ。

雪花は弾《はじ》かれたように息をひゅっと吸い込み、強く閉じていた瞼《まぶた》をようやく開ける。

（なんで今更……）

どくどくと波打つ心臓を落ち着かせるように、片手で両目を覆い、深く呼吸をする。

（でもまさか、陛下は――）

ひとつの疑念の芽が雪花の胸に生まれていた。

しかしそれが事実だとして、今更どうしようもないことだ。たとえ何かを変えたとして、昔が戻ってくるわけでもない。

けれども――。

「あなたたち、長湯が過ぎるわよ。そろそろ戻りなさい」

心を落ち着かせていると、凜《りん》とした声が浴室に響き渡った。

「あ、す、すみません……！」

お喋《しゃべ》りに夢中になっていた女たちは、慌てて湯船から上がっていく。

どうやら彼女たちは長湯していたようで、上司が呼びに来たらしい。

（おや……？）

呼びに来た女が代わりに入ってきたが、彼女は春宴の席でみた賢妃《けんぴ》付きの覆面侍女ではなかったか。

あの怖い噂が本当かは知らぬが、確かに片頬にはひどい火傷《やけど》跡があった。湯煙越しでさえ、思わず顔を顰《しか》めてしまいそうになるほどの。

しかしなんとももったいない。火傷さえなければ、殿方からは引く手あまただろうに。

彼女は控えめながらも美しく、可憐《かれん》な容姿をしているのだから。

雪花の存在に気づいたらしい女は、ちらりとこちらをみて、ごめんなさいねと話しかけてきた。

「醜くて気味が悪いでしょう」

「あぁ、いや、びっくりしただけです」

ちゃぷん、と雪花から少し離れたところで、彼女は身を沈めた。

なんだか気まずいなあと思った雪花は、そろそろ上がることにした。お喋りな女たちのおかげで、少し考えたいこともできたし。

「あなた、その傷――」

上がろうとする雪花の背中をみて、女は言葉を詰まらせた。

背中を斜めに大きく走る傷は、かつて雪花に瀕死《ひんし》の重傷を負わせたものだ。

「ああ……こちらこそ気持ち悪いもの見せてしまってすみません。失礼します」

「あっ――」

女は何かを言いかけたようだったが、雪花は特に気にとめないことにした。同情や慰めの言葉なんて別に欲しくないし、こちらが申し訳ないって感じだし。

しかし雪花が浴室から去っていった後、火傷の侍女は何かを思案するように、雪花が消えた扉を見つめていた。


一方その頃。花街にある紫水楼《しすいろう》では、これまた予想だにしない厄介ごとが起きていた。

「はぁああ？　あの子が後宮にいるですってえ……!?」

今にも突っ掛かりそうながたいのでかい美人相手に、楼主である帰蝶《きちょう》は知らん顔をして煙管《キセル》をふかしていた。

久しぶりに再会しても、相変わらずの性癖は変わっていないらしい。帰蝶は煩《うるさ》いのがやってきやがったと、目の前の人物に鬱陶《うっとう》しそうな視線をくれてやる。

化粧を綺麗《きれい》に施して色香を纏《まと》い、そこらにいる女なんて野草にして霞《かす》ませてしまう絶世の美人は、実は正真正銘男なのである。たとえ完璧《かんぺき》な女言葉で完璧な女装をしていたとしても。

彼は気分によって男と女を使い分ける両刀だ。

「うちの娘《こ》を何勝手に売ってくれちゃってるわけ!?　いくら帰蝶でも許さないわよっ」

「あのねえ。そもそも雪花を売ったのはおまえだろ。それに借金肩代わりしてやったのは、このわたしだってこと、忘れてんじゃないだろうね」

「う……、そりゃ、忘れてはないけどっ。でも、帰ってくるまで預かっていてほしいって言ったじゃないの！」

「金の回収が優先だからね」

「最低！　鬼！　この業つく婆《ばばあ》――ついだあああ！」

「あん？　風牙《ふうが》、なんか言ったかい？」

耳たぶを耳飾り共々容赦なく引っ張りあげる帰蝶に、風牙と呼ばれた男は悲鳴をあげる。

「まったく、あんたなんかが親であの子が可哀想だよ！」

鼻息を荒くしながら手を離すと、帰蝶はメソメソと泣く男に背を向けた。

「同じ美人なら、まだあの若造のほうがましだね」

覆面を被《かぶ》った、いつぞやの目の覚めるような麗人を思い出してぼそりと呟《つぶや》く。

「なに、何か言った？」

「いいや別に」

「感じ悪いじゃない。なによ、なんでよりによって後宮なんかに行かせたの！」

「どうせ因果がある限り、逃げようにも逃げられないんだ。ちょうどいい機会だったんじゃないか」

「にしても！……時機《タイミング》が悪すぎだわ」

風牙は落ち着かない様子で窓辺に寄り添い、癖のある榛《はしばみ》色の髪をくるくると弄《もてあそ》んでいる。

「せっかく目星がついたと思った矢先、当の本人がまさか後宮に売り払われたなんて……」

「あのね、売り飛ばしたわけじゃないよ。出稼ぎだっつってんだろうが」

「一緒のことじゃない！」

「何度も言うが、そもそもおまえが賭博《とばく》やら女やら男やらに手を出さなかったら、こんなことにはなってなかっただろう」

「うっ、痛いところ突くわね」

「ふん。女か男かわからん奴に育てられたにしては、雪花は立派なもんだよ」

「失礼ね。わたしは性別の垣根を越えた人類史上最も美しい愛の使者なのよって痛い痛い痛い！　足踏んでる、爪先《つまさき》踏んでる！」

無性にイラッとして、帰蝶は靴の踵《かかと》で彼の爪先をグリグリと踏み潰《つぶ》した。

雪花もよく、こんなふざけた男の元で育ったもんだ。おかげでしっかりはしているが、妙に人生を達観してしまった可愛げのない少女になってしまったじゃないか。

やはりあの時、自分が彼女を引き取ればよかったかと、今更ながらに少し後悔する。

「ぎゃーっ！」

「ふざけてんじゃないよ！　股間《こかん》潰されないだけマシと思いな！」

「そんなことしたら人類が泣くわよ⁉　わたしの身体で最大の魅力が――いだだだだだだだ！」

「それ以上阿呆《あほう》なこと抜かすと、本当に使い物にならなくするからね！　いいかい、ここには置いてやるが、絶対にうちの娘たちに手を出すんじゃないよ！」

「分かってるわよ！　そんなことくらい！」

「男衆にもだよ！」

「だから、わかってるってば！」

ふん、とようやく風牙を解放して、気を落ち着かせようと吸いさしの煙管を吹かすが。

「でも、手を出されたら別にいいわよね？」

まったく言葉の通じない男に、今度は反対の足を盛大に踏み潰してやった。

こいつこそ使い物にならなくした上で、宦官として後宮に放り込んでやろうかと本気で考える帰蝶であった。


雪花は真夜中に一人、北蘭宮をこっそりと抜け出して、外で夜空を見上げていた。

それも行儀悪く木の上で、そこらになっていた枇杷《びわ》を齧《かじ》りながら。

(陛下が辺境にいた……か)

彼の諱《いみな》を雪花が知る由もないが、もし自分の記憶にある名と同じであるなら。彼は生き残っていたということか。

(……皆、いなくなったと思っていた)

雪花の記憶に残る、大切な人々。

温かな両親、気の強い姉、弱虫王子とその母親。

皆、自分を残していなくなったと思っていた。

だけど、あの王子だけは生き残った――まだ不確定であるが。

あの事件以降、すぐに国から離れた雪花の耳には何の情報も入ってこず、養父と共にただ各地を放浪するだけだった。

養父はもしかしたら何か知っていたのかもしれないが、自分には何も言わなかった。

まさか彼が生き延びて、再び中央に返り咲いて、今、この国の頂に君臨しているというのか。


――でも、何を犠牲にして？

心の奥底から囁《ささや》く声に、雪花は頭《かぶり》をふった。

何を馬鹿なことを。

彼が生き延びることができたならば、それは皆の悲願だ。

『許さなくていい、だけど憎むな』

養父の言葉を思い出し、胸元の首飾りを握りしめた。

それに、彼があの王子だったとはまだわからない。何せあまりに面影がなさすぎる。

ぐずぐず泣いていた印象が強すぎて、今の精悍《せいかん》で貫禄《かんろく》のある陛下とは違いすぎる。

（……わからないな。志輝様に聞いてみたら分かるかもしれないけど、訝《いぶか》しまれるだけだろうしなあ）

志輝もどこまで自分のことを調べているのかは知らないが、雪花としても知られたら色々面倒なことはある。

(ややこしくなる前に、さっさと仕事終わらせて戻ろう)

少し酸っぱい枇杷を口に放り込んで、咀嚼《そしゃく》した。

青臭い匂いがして少し苦みもあるが、じゅっと溢《あふ》れる瑞々《みずみず》しい水分が美味《うま》い。

(蘭瑛妃の護衛がこんなことしてたら、怒られるしね)

口元を手の甲で拭《ぬぐ》い、軽い身のこなしで木から降りると歩き出す。

早く襲撃犯が見つかればいいのに、と思うが、いまだに志輝から報告はない。それに今のところ、嫌がらせはあるものの蘭瑛妃が直接狙われることもないので、その場で捕まえて吐かせることもできないし。

そういえば嫌がらせといえば、雪花もやられている。

あの焼き鳥事件以降、死骸《しがい》は置かれないものの、変な贈り物が毎日届いている。今日は双子？　の藁《わら》人形に、昨日は呪いのお札、一昨日は真っ赤な薔薇《ばら》の冠(所々血がついてる)、変な薔薇の絵が表紙に書かれた帳面など、よくわからないものが次々と差出人不明で届くのだ。

(藁人形とか売れるのかな。帳面の紙は、質は良さそうだから、まあ何かに使えそうだけど)

昔に培われた〝もったいない精神〟から、とりあえず貰《もら》えるものはもらう、それを金に換える、それが出来ないなら活用法を考えるのが雪花である。

そんなことを考えていると、草木の茂みから何やらお盛んな声が聞こえてきて、雪花はあれま、と片眉《かたまゆ》を上げた。それも何組かいるようだ。

仮にも妓楼《ぎろう》で働く雪花にとっては慣れた場面であるが、ここは男子禁制の後宮である。そんなところで、ことをおっ始《ぱじ》めているということは。

（養父は元より……世界は色々だな）

男でも女でもない者同士か、はたまた女同士か、それともその両者か。

どうやらここは情事にもってこいの場所らしい。

失礼しました、と雪花は気配を殺して足早にその場を立ち去った。

新入りの一人、雪花が抜け出しているのを偶然見かけ、何も言わず見送っていた人影がいた。

その人影もまた外へ忍び出て、虚《うつ》ろな双眸《そうぼう》で夜空を見上げていた。

そこには欠けた三日月。欠けてしまったそれは、まるでわたしの心のようだ。

月はいい。欠けてもまた、満たされるのだから。

でもわたしの心はもうきっと、満たされることはない。欠け続ける月が辿《たど》り着く先は暗闇だ。

今宵《こよい》もまた、わたしの心は壊れていく。

体の上にいるのは獣か、化け物か、魔物か。

欲を吐き出すことを生涯許されぬそれは、いつも欲に塗《まみ》れていて、わたしに身体を差し出せという。

ただただ気持ち悪く、まるで蛆虫《うじむし》が体中を這《は》い回っているようだ。

気持ち悪い。吐き気がする。

ああ、すべてなくなってしまえばいいのに。自分も、消えてしまえばいいのに。

でもできない。何もできない。

ただ毎日息をして、自身を演じて、そうして生きているだけ。

……いや、生きながら死んでいるのか。

身を売り、主人を裏切り、それで生きているとはいえないだろう。

それでも守らないといけない。ああ、生き地獄だ。

苛々《いらいら》する、すべて壊れてしまえばいい。でも壊せない。

どうすればいいのか、自分でさえも分からない。

するとそれを読み取ったかのように、魔物が嘲笑《あざわら》ってわたしを見下ろした。

その瞬間、理性を繋《つな》いでいた細い糸が、切れた音がした。

——そしてその翌日。

北蘭宮の侍女たちはざわついていた。とある情報《ニュース》がもたらされたからである。

雪花はいつも通りせっせと床を磨きながら、耳だけ傾けていた。

「宦官《かんがん》が一人、殺されたんだって！」

鈴音がどこからか仕入れてきたらしい。

すっかり仕事は一時中断され、皆で集まりおしゃべりに興じている。明明が遠くから目を細めながらこちらを見ているが、注意をしないところを見ると彼女も多少気になっているようだ。

「怖いねえ」

「どこでよ」

「ほらあそこ！　あの人気のない、夜の憩い場の近く」

夜の憩いって……、もしやあの場所か。

「ええー、痴情のもつれってやつ？」

「痴情……」

皆の反応を見る限り、あれは暗黙の場所らしい。知らなかったのは自分だけか。

ふうん、と手にしていた雑巾《ぞうきん》を絞りなおそうと上体を起こす。

（あれ……）

見上げた視線の先。静姿の袖《そで》から、腕に巻かれた白い包帯がちらりと覗《のぞ》いた。雪花の視線に気づいた静姿は、隠すようにして袖を押さえた。

どうしたんだろうと思いながらも、怪我なんて誰でもすることだしなと特に気に留めない雪花は、雑巾を絞りなおすと、外の廊下も磨こうとしたが。

「──雪花」

蘭瑛妃が星煉を連れてやってきた。その表情には困惑の色が浮かんでいる。珍しく星煉もだ。

「女官長がお呼びよ。あなたたちが今、話していた件で」

皆の視線が雪花に集まる。

「あなたが昨晩、あの場所にいたというの。それは本当かしら」

あれ、なんか嫌な予感。

だが雪花は嘘をつく理由もなかったので、素直に頷《うなず》いた。

「はい、すみません。枇杷を食べに」

瞬間、皆疲れたようにうなだれた。

通された扉の先で雪花を待ち構えていた人物を見て、雪花は顔を強張《こわば》らせた。

盛大に顔を歪《ゆが》めないよう、なんとか皮の面一枚取りつくろうが、それでも口元や目元が引きつるのは仕方がないだろう。

いや、そもそも不意打ちはやめて頂きたい。

こいつと顔を合わせる際は事前に言っておいてもらわないと。表情筋が疲労して仕方がないのだ。

「なんですか、その顔は。わたしがここにいるのがそんなに気に食わないですか」

「……いいえまさか」

女官長に呼ばれた先は、外宮《げくう》と内宮を繋ぐ場所に設けられた面会室であった。

てっきり女官長だけか、もしくは宮正《きゅうせい》あたりが待ち構えていると思っていたが、彼女たちに加えて、まさかあの（この）紅志輝がいるなんて誰だって予想しないだろう。

女官長と宮正は椅子に座る志輝の背後に控えているが、その身体はくねくねしていて視線は志輝に釘付《くぎづ》けである。

相も変わらずむかつく野郎である。

「表情と台詞《せりふ》が一致してませんよ」

「気のせいです」

相も変わらず鬱陶《うっとう》しい奴である。何度このやり取りを繰り返せばいいのだろうか。

だが彼を邪険にしてしまったことで、女官長と宮正、二人に睨《にら》まれることになった。

「玄《げん》雪花、なんですかその態度は」

「そうですよ、謝りなさい」

「気になさらないでください。どうやらわたしは彼女に嫌われているようなので」

志輝が芝居がかった台詞と共に悲し気な表情をすると、彼女たちの睨みが更にきついものとなる。

彼女たちは見えていないだろうが、彼の片方の口角は完璧《かんぺき》に上がっているのを雪花は確かに見た。

（……殴ってやろうか）

いちいちムカつく野郎である。こいつ、いっそのこと役者にでも転身すればいいのではないか。

性格はともかく顔立ちだけはぴか一なのだからもってこいだろう。

「何か言いたいことでも？」

「……いえ。なぜ志輝様がこちらへいらしたのかな、と思いまして」

「それはもちろん、事実確認をするためですよ」

「？」

「実は、これがわたしたちの元に届きました」

差し出されたのは、一枚の紙切れだ。

そこに書かれていた内容は、宦官の殺害現場から立ち去る雪花をみた、という密告《タレコミ》であった。

「これは本当ですか。場所は中央庭園の奥です」

文字は急いで書いたのか、殴り書きのように乱れている。

「玄雪花、どうなのですか」

「どうもこうも、本当です」

その紙を見つめたまま、雪花は答える。

文字が書けるということは、それなりに教養がある人物だろうか。

「な、なにをしに行っていたのです！　まさか、疚《やま》しい行為を……！」

「……疚しい。ああ、確かに。すみません、時々我慢できなくて」

「!?」

勝手になっているとはいえ、後宮の物を勝手につまみ食いしていたのはいけなかったか。

実は夜中にお腹が空《す》くと、時折こっそり出かけては木によじ登って枇杷《びわ》や桜桃を食べていた。

疚しいと指摘されても仕方がないが、すでに腹の中に消えたものをどうしようもない。

だがその前に。

(これ、おかしくないか?)

何か考え込む雪花をよそに、壮年女性の二人は言葉を詰まらせわなわなと震えている。

志輝といえば、微笑を凍り付かせて黒い空気を纏《まと》っている。

「が、ががが我慢ですって!?」

「欲に逆らえないといいますか、本能といいますか」

「欲!?」

「はい。あの、それでこれのことなんですけど——」

「欲って、どういうことですか?」

冷気を纏った鋭い刃のような声色と共に、雪花は頭をがしっと摑《つか》まれた。

否応《いやおう》なしに上を向かされれば、そこにはなぜか不穏な空気を纏った魔王様こと、志輝の顔が。

それで毎度毎度思うが、なぜこうも顔が近い。

「答えてください」

「はあ、欲は欲ですけど」

「あなた、淡泊そうに見えていましたが肉食だったのですか」

「もちろん肉は好きですが、果物だって食べたい時はあります」

「は？」

「は？」

二人顔を見合わせ、首を傾げる。

「あなた、何しに行っていたんですか」

「いえ、だから枇杷をこっそり盗み食いしてました。夜中、空腹に負けたときにこっそり。そのお咎《とが》めですよね、すみません」

「……………」

そういうと、なんともいえない表情で志輝は固まった。目が点になってる、という表現が正しいだろうか。間抜けで、新鮮な表情である。

「なんて紛らわしい！」

「そうですよ、誤解を招くような言い方をっ」

「誤解……？　え、ああ。もしかして疚しいって、やってたかどうかってことですか？　脱いでませんし、やってません」

「言葉を選びなさい！」

至極真面目な顔できっぱりそう言った雪花に、頭を抱える大御所二人だ。

志輝も片手で額を押さえ、恨みがましい視線を雪花に送ってくる。

「つまり、ただ枇杷を食べに行っていただけだと」

「はい」

「では、死んだ宦官《かんがん》と関係はないということですね」

「北蘭宮の方以外、知り合いは一切いませんので」

「襲われたから襲い返した、ということもないですね？」

「襲い返すだけならわざわざ殺したりしません。ボコボコにはしますけど」

「……そうですか。まああなたはそうでしょうね」

そう言って深い深いため息をついた後、志輝は後ろに控える女官長たちを振り返った。

「だそうです。すみません、この者が色々ご迷惑をおかけしてしまい」

「いえいえ！　あなた様が謝る必要などどこにもございませんわっ」

「そうですともっ！　大体この手紙が悪いのですわっ！　あなた様が後見人となっている
この者がそのようなこととっ」

頭を下げる志輝に、わたわたと慌てる彼女たち。

老若男女問わず誰でも魅了するこの美男は、絶対に人生得しているに違いない。

（……と、こいつのことは置いといてと）

「あの。その手紙のことなんですが」

気になったことがあり、雪花は片手を挙げた。

「昨晩は、満月でなくいつもより暗かったはずです」

その手紙には、自分がその現場から立ち去るのを見たと記されている。

確かにその中央庭園付近を通ったから、目撃されてもおかしくはない――が。

「至近距離で見たならまだしも、遠目から見ただけなら姿形はぼんやりと分かっても、それがはっきりとわたしとは分からないはずです」

「！」

「わたしは新入りで、顔見知りも少ないです。それでなぜ、わたしの名前が挙がっているのか」

考えたくはないが、その手紙の差出人は自分の身近な人物なのではないだろうか。

そしてもう一つ気になることがある。

「……無理を承知でお願いしたいのですが。ご遺体と対面させては頂けないでしょうか」


雪花の願いは志輝から陛下へと報告され、その日のうちに対面許可が下りた。

極秘裏に雪花と志輝は遺体安置所へと通され、今二人は棺桶《かんおけ》の前に立っている。

安置所は日の光が入らず、ゆらゆらと揺れる蠟燭《ろうそく》の光のみで不気味である。

影を背負った痩《や》せた宦官の一人が隅に控えていて、ちらちらと雪花と志輝を不思議そうに見ている。

「死体を見て気持ち悪くなりませんか」

「比較的大丈夫です」

今まで用心棒として各地を渡り歩いてきた雪花である。人の死に直面することは、決して少なくはなかった。様々な、死に際を見てきた。

少しだけ過去を思い返しながら、手を合わせて志輝と共に棺桶のふたを持ち上げた。

その瞬間、独特の死臭が鼻をツンとつき、思わず顔を顰《しか》めてしまうのは許してほしい。

そこで眠っているのは死装束に身を包んだ、肉付きの良い元・男だ。

土色の顔は浮腫《むく》んでいて、そこから視線を下げれば、頸部《けいぶ》にくっきりと扼痕《やくこん》が残っている。

（こんな大の男を押さえつけて殺したのか）

さらに衣を脱がして首から下に視線を下げていくと、所々斑点《はんてん》が浮かんでいるのが分かる。

（これは――）

花街にいれば、必ずと言っていいほど出くわす病気だ。

宦官でありながらこの症状があるということは、よほどの好き者だったのだろうか。

志輝も気づいたのか、美麗な顔がやや歪《ゆが》んでいる。

（お上品な方たちには縁のない病気だろうしね）

気づかないふりをして、志輝に身体を傾けてもらい背部をみる。

「……血の跡」

後頭部に付着している、黒い血の跡。

「そういえば、後頭部も打撲しているみたいだと言っていましたね」

触るとざらつく乾いた血の感触と、何か鈍器ででも殴られたかのように盛り上がっている場所がある。

そして最後に視線は、両の指先へ。

その爪にあることを認めると、雪花はやや目を伏せた。

「……もう、いいです。ありがとうございます」

衣を丁寧に着せなおして顔に黒い布を被《かぶ》せると、最後に遺体に向かって再び手を合わせる。

「何か、分かったのですね」

志輝もさすがに薄々気づいたようだ。雪花の身近にいる誰かが、関係しているということを。

「……確かめなければ、分かりません」

確信は得ても、確証ではない。

だから、確かめるしかない。心温かい同僚たちから恨まれたとしても。

(……嫌な役を寄越《よこ》してくれたもんだ)

いくら仕事といえども、雪花とて人間だ。

何も知らない他人であれば、心はこんなにも重くはならないだろうに。

だが、見逃すことはできない。正義を振りかざすわけではないけれど、事実は事実として白日のもとに。

「北蘭宮へ戻ります」

それが今、自分に課せられた仕事である。

◆◆◆

五章

◆◆◆

今宵《こよい》は新月。月明かりはほとんどなく、燭台《しょくだい》に揺れる灯《あかり》が部屋を照らし出している。

雪花《せっか》は北蘭宮《ほくらんきゅう》の一室で、窓辺に寄りかかりながらとある人物を待っていた。

(――来た)

近づいてくる足音がぴたりと部屋の前で止まり、扉がゆっくりと開かれた。

「こんな夜中に何の用かしら、雪花」

「呼び出してすみません」

現れたのは、夜着に浅葱色《あさぎいろ》の羽織を重ねた侍女だ。

「珍しいわね、あなたがわたしに話があるなんて」

彼女は普段通り、けれどどこか訝《いぶか》し気な表情だ。それもそうだろう。こんな夜中に呼び出されて、いい顔をする人間などいない。

だがどうしても、雪花は彼女と話をしなければならなかった。

「……わたし、先日女官長に呼び出されましたよね」

相手が扉を閉めたのを確認すると、雪花は単刀直入に要件を切り出すことにした。

「そうだったわね。話って、その件かしら。疑いは晴れたと聞いたけど？」

「はい。それで少し調べてみたんですけど、気になったことがありまして」

「何かしら。それに調べたって、何を？」

「遺体を、です」

彼女の表情が、不快そうに歪んだ。

「その者の右手、真ん中三本の爪の間に、乾いた血液の跡がありました」

「それで……？」

「あくまで推測ですが、伸《の》し掛かった犯人の皮膚に爪を立てたのではないかと思います」

雪花は一歩前へ――静姿《せいし》のほうへと進み出た。

「遺体には頸部に扼痕、後頭部に打撲跡。おそらく後頭部を何かで殴打し、そのあと扼殺。そして、その際に犯人の腕に爪を立てたのでは、と」

「……それでどうして、わたしが呼ばれるのかしら」

「左腕、怪我していますよね」

雪花は彼女の左腕を指さした。

ぴくりと静姿の体が動き、喉《のど》の動きで生唾《なまつば》を飲んだのが分かった。

「それに、静姿ならわたしの名前を知っていますし、わたしが宮を抜け出したのを目撃していてもおかしくないでしょう」

「……わたしを、疑っているのね」

「疑いたくありません。だから、傷を見せてください。それで判明するはずです」

強い視線同士がぶつかりあったが、先に静姿が目を逸《そ》らし、根負けしたように息をついた。

何も言わないまま彼女は左腕に巻いた包帯を取って、それを床へと落とす。

そして左腕を、灯の下にさらした。

「……せっかく、あなたを追い出せるかと思ったのに」

白い肌に走る三本の傷。皮膚が抉《えぐ》れ、その周囲は赤みを帯びていた。

そしてそれだけでなく、所々赤い斑点が浮かんでいる。

「全く、変に頭が切れるんだから」

彼女は疲れ果てたような、けれどもどこか吹っ切れたような苦笑を浮かべた。

「……認めるのですか」

「大体あなたの推測通り。でも、頭はわたしが殴ったわけじゃないわ。もみ合いになって、奴が岩に頭をぶつけたの。それで、あとは伸し掛かって、気が付いたら首を絞めてたわ。

……自分でも、よくわからない。自分の中にある何かが、プツンと切れたの。もう、張り詰めていた糸が限界だったのかもね」

静姿は自身の両掌《てのひら》を広げ、見下ろした。自分の手で犯した罪を思い返すように。

雪花も、その糸が切れる瞬間を知っている。

自分で止められない、ただただ憎悪に駆られて、本能のままに体が動いてしまう瞬間を。

自身の中に眠る獣が目覚める時を。

雪花はやるせない様に唇を嚙《か》んだ。

「……理由を伺っても良《い》いですか」

すると彼女は面《おもて》をあげた。

「脅されていたからよ。……わたしが蘭瑛《らんえい》様の情報を、彼に流す役目だったから」

「！」

「蘭瑛様の懐妊の件を外部に漏らしたのも、食事に毒を混ぜていたのも、暗殺しやすい場所を教えたのも。あなたが後宮に売られたように、わたしも父親に売られたのよ。商家だけど経営が苦しくて、援助を受ける代わりに傀儡《かいらい》になれってね……」

まさか、身体まで差し出す羽目になるなんて思わなかったけど、と静姿は付け加えた。

「男として機能するものは無いくせに、欲だけは残るって何なのかしらね。そしてそんな奴の言いなりになるしかなかった自分も、本当に嫌になるわ。……本当、嫌になる。惨めで、汚くて、こんな、自分」

今にも泣きだしそうな表情で、彼女は笑った。悲しみとか、後悔とか。そんな単純な言葉で言い表すことのできない重い苦しみが伝わってきて、雪花は顔を歪めた。

「そんな顔、しないで」

そういうと、静姿は懐に手を差し込んだ。

「ちゃんと、終わりにするから」

彼女の手には、小刀が握りしめられていた。その切っ先を、彼女は雪花に向ける。

「……わたしを殺しますか」

「まさか。だってあなた、護衛で寄越されるほど腕が立つのでしょう？」

静姿は笑うと、刃を自身の首筋にぴたりと当てた。雪花はそれを視界に映しながら、考えるよりも先に床を蹴《け》っていた。

彼女へと飛びかかって、素早くその手を捻《ひね》り上げる。

「った――！」

痛みに顔を顰めて彼女が小刀を手放すと、カランカランと音を立ててそれは床へと落ちた。

拾おうとする彼女を力ずくで押さえ込む。

「なぜ邪魔をするの……！　死なせてよ！」

先ほどと打って変わり、彼女は声を荒らげて抵抗した。その表情は絶望と、強い憎悪に満ちている。

「だめだ！」

「あんたに何が分かるっていうのよ！」

血を吐くように彼女は叫ぶ。

「いずれ死ぬのよ……！　それにあいつの体を見たでしょう。わたしも、とっくにうつっているわ！」

乱れた服の合わせ目から覗《のぞ》くのは、赤い斑点《はんてん》。あの宦官《かんがん》の皮膚、そして口の中まで侵されていたそれは、花街にいれば必ず目にする病だ。いずれその紅斑は体を覆いつくし、しこりが現れ死に至らしめる。このままだと死に向かうしかない。

確かに憐《あわ》れなのかもしれない。たとえ死罪を免れても、苦渋を味わい続けるだけかもしれない。

けれど――。

「でも、それは今じゃない！」

言いながら自分で思う。無情だと。

「蘭瑛様を本当に慕い、罪を償いたいと思うなら、あなたは知りうること全てを話すべきだ……！」

雪花の言葉に、静姿の視線が大きく揺れた。

「あ……。わ、たしは――」

「――静姿」

ここにいるはずのない声が聞こえ、静姿は開かれた扉をぼんやりと振り返った。

そこには陛下と蘭瑛妃、そして志輝《しき》が立っていた。彼らはことの成り行きを見守るため、隣室に控えていたのだ。薄い壁一枚、会話は筒抜けだ。

「……蘭瑛様」

静姿の全身から一気に力が抜け落ちたので、雪花はそっと彼女を解放して、小刀を拾い上げた。

「嘘であればよかったと、思ったわ」

悲しみと苦しみがごちゃ混ぜになったような表情で、蘭瑛妃は告げた。それを見た静姿は思わず顔を逸らし、ぐっと奥歯を噛みしめてその場にひれ伏した。

「……初めから、そうだったの？」

「…………」

「初めから、間者だったの？」

蘭瑛妃の問いかけに、静姿は小さく頷《うなず》いた。

「そう……」

蘭瑛妃はそう呟《つぶや》くと、静姿の元へ歩み寄り、そして膝《ひざ》をついた。

「顔を上げて、静姿。ちゃんと顔を見て、話をするの。……昔、明明《めいめい》とあなたが教えてくれたことでしょう」

　すると静姿は躊躇《ためら》いつつもゆっくりと面を上げた。面を上げた彼女の目尻《めじり》には、涙が浮かんでいた。

「……辛《つら》かった？」

「え……？」

「裏切ることは、辛かった……？」

　その言葉に、静姿はもう一度頷いた。目尻から、涙が零《こぼ》れ落ちた。何度も何度も、彼女は頷いた。

「わ、たしは……。苦しかった……。好きで、こんなこと、したくなかった……！」

　嗚咽《おえつ》を殺しながら、静姿は言葉を続ける。今まで溜《た》まっていたものを、吐き出すように。

　悲痛な叫びだと、雪花は思った。

「でも、侍女として過ごして……。皆と、共に過ごす時間は、とても楽しかった……。大切、でした……。信じてっ、もらえないかも、しれませんが……本当に……！」

　両肩を震わして詫《わ》びる静姿の頭を、蘭瑛妃はそっと撫《な》でた。優しく、子供をあやす様に。

　静姿は目を見開いた。一瞬止まった涙が、堰《せき》を切ったように次々と溢《あふ》れ出した。

「っ……あぁ……！」

　静姿は蘭瑛妃の腕に縋《すが》りついた。

「……ねえ、静姿。正直、今、とても悲しい。……でもね、わたしは一緒に過ごした時間、全部が嘘だったとは、そう思わない。思いたくない」

「うっ……」

「だから、ちゃんと全部、話してほしいと思うわ。わたしを……。わたしたちを、本当に想ってくれるなら」

静姿の顔を覗き込み、彼女の涙を指で拭《ぬぐ》いながら、蘭瑛妃はそう告げた。

涙に濡《ぬ》れた睫毛《まつげ》を伏せ、静姿が頷く。

皆、肩を撫でおろしかけたその時だった。窓が開け放たれて、人影が入り込んだのは。

「——っ蘭瑛様！」

雪花は蘭瑛妃の腕を引っ張り、その背に庇《かば》う。刀が振り上げられ、雪花の鼻先を白刃が掠《かす》めた。志輝は陛下を庇い、その人影を警戒する。

黒装束に身を包んだ人影は舌打ちすると、その場に屈《かが》んだまま動けない静姿を見下ろした。

「おい……。ペラペラ喋《しゃべ》ってんじゃねえよ、愚図が」

「静姿！」

雪花は逃げろと叫んだ。静姿は雪花の声に弾《はじ》かれ、立ち上がろうとした。だが、それよりも早く男の刀が振り落とされた。

刃の切っ先が静姿の髪を一房切り落とし、彼女の黒髪がはらりと舞う。

蘭瑛妃が空気を裂くような悲鳴を上げた。前に出ようとする彼女を、雪花は抱きかかえるようにして強く押さえ込んだ。

刃の切っ先が静姿の首の皮膚にかかる。刃はいとも簡単に白い皮膚に食い込んだ。そして一息に、首から腰にかけて深く切り裂いた。瞬間、辺りは赤一色に染まる。首から噴き出した赤い血が、壁に、床に一瞬で飛び散った。まるで赤い華のように。むせそうな血の匂いがたち込める。

「静姿——！」

蘭瑛妃は彼女の名を叫び、雪花は唇を強く噛みしめた。

静姿は目を見開いたまま——まるで自分が斬られたこともわからないように、重い音を立てて横向きに転がった。広がっていく血だまりの中に、切り落とされた髪が浮かぶ。

彼女の指先が細かく痙攣《けいれん》し、虚《うつ》ろな視線は暗闇を彷徨《さまよ》った。

一瞬、彼女は陛下と志輝の二人を認めると、何かを呟いた。蘭瑛妃の震え声で雪花には聞こえなかったが、彼女の言葉に陛下と志輝の顔が僅《わず》かに強張《こわば》った。その後、彼女の目はぐるりと上転し、ヒュー、ヒューと風が通るような呼吸を繰り返す。

雪花は力を失った蘭瑛妃を抱き留めながら、獣のような金色の双眸《そうぼう》でその男を睨《にら》み上げた。そして先ほど拾いあげた静姿の小刀を、ギチ、という音が立つ程に強く握りしめる。

「おい……そんな目をするなよ。こいつは裏切り者だろ？」

男は鼻で笑うと、邪魔だと言わんばかりに部屋の隅へと静姿を転がし、彼女の腹を踏みつけた。

瞬間、雪花の全身から暗い殺気が迸《ほとばし》った。それは空気を一瞬で冷たく震わせ、肌を刺し、周りの声を奪う。真っ向からそれを向けられた男は、無意識のうちに息を飲んだ。

（また、これか――）

目の前が赤く染まる。体が熱を帯びる。

久しぶりだった。こんなにも感情的になるのは。

（……だから、人と深く関わるのは嫌なんだ）

心の奥底に眠らせた獣が目を覚ますから。

雪花は噛みしめた歯の隙間から、静かに息を吐き出した。

「……蘭瑛様。志輝様のほうへ」

落ち着けと、雪花は自身の中にいる獣を抑えるように呼びかける。そして戸惑う蘭瑛妃を背に庇いながら、彼女を志輝たちの元へと移動させた。

「志輝様、お願いします」

「お願いしますって、あなたは――」

「これは、わたしの仕事です。……どうか陛下と蘭瑛様を、お願いします」

雪花は小刀を、手になじませるように宙で回した。そして男と対峙《たいじ》する。

「へえ。おまえが例の護衛か？」

「……だったらどうする」

「なに、ちょっとばかり興味があっただけだ。女の身で、どれだけできるのかってな……！」

勢いよく突き出された切っ先をひらりと躱《かわ》すと、雪花はそのまま横に飛んで、男を引きつけながら窓の外に出た。

男の太刀を躱しながら、雪花はただ、その時を注意深く待つ。

「おいおい……！　そんな小刀で何ができる！　しかも部屋から出るなんて馬鹿だろ、おまえ！」

男の言う通り、狭い室内では小刀のほうが有利だろう。狭い部屋で、刀を思いっきり振りかざそうものなら、天井や壁に突き刺さるからだ。

だが、あの三人からこの男を引き離すにはこれしかなかった。それに丈《リーチ》が短くとも、状況を作ってしまえばどうとでもなる。

雪花は男の剣筋を観察した。その瞬間を見逃さないために。

そして――。

（来た……！）

男が大振りになった瞬間、雪花はぐっと身を屈め、男の間合いに飛び込んだ。

「馬鹿にも考えがあんだよ、阿呆《あほう》！」

刀を持つ男の手首を掴《つか》みつつ、逆手に持ち替えた小刀で、男の胸元から首を切り裂いた。

そして動きを止めることなく、掴んだままの男の腕を捻《ねじ》り上げ、刀を手放させた。

「てめっ……！」

血走った目を向けられるが雪花は怯《ひる》むことなく、男の胸倉を掴んで地面に背負い投げた。

中庭にドン、と重い音が響き渡る。

雪花は地面に背をつけた男に跨《また》がって、彼の首筋に白刃を添えて身動きを封じた。すると男が口を不自然に動かそうとしたので、雪花は両頬を片手でむんずと掴み上げた。

「口、動かすな。隠してるだろ、自害用の毒」

男の両目がわずかに見開かれた。雪花は鼻で嗤《わら》うと口を覗き込み、奥歯だな、と呟く。

そして遠慮なく、男の右頬に拳《こぶし》を数回叩《たた》き込んだ。すると血と共に、毒を仕込んだ奥歯が飛び出て地面を転がった。

「っくそ……！　このアマ……！」

悪態をつく男を雪花は冷ややかに見下ろした。

「……あんたの言う通り、静姿は裏切り者だよ。でも、蘭瑛様の侍女で、皆の仲間だった。それも、紛れもない事実だったんだよ」

雪花の言葉に、男は血を吐きながらも「クク……ッ」と笑った。

「何がおかしい」

「甘い……甘すぎる」

にや、と男は蛇のように笑った。その直後、男は突如苦しみだした。そしてがくがくと全身が痙攣し、血と泡を吹いた。

「何……!?」

雪花は男の上から体をどけて、一体どういうことだと彼を見下ろす。

すると男の指に嵌《は》められた指輪に、毒針が仕込まれていることに気づいた。

雪花は声を荒らげて詰問する。

「おい、言え！　誰の差し金だ！」

すると男は、最後に途切れ途切れの声で小さく呟いた。——淑妃《しゅくひ》、と。

雪花はごくりと唾《つば》を飲んだ。

(淑妃、だと……？)

淑妃といえば、気の強そうな、いつも喧嘩《けんか》を吹っかけてくるあの女性だ。

「……怪我は、ありませんか」

立ち尽くす雪花に、窓枠を乗り越えて志輝が蒼《あお》い顔をして駆け寄ってきた。

「ああ……わたしはありません。返り血を浴びただけですから」

頬に飛び散った血を拭いながら雪花は答えると、なぜか引き寄せられそうになったので素早く距離を取った。

「…………」

「…………」

スカを食らった志輝と、怪訝《けげん》そうな雪花の視線がぶつかり合う。

なぜ逃げる、と目が言っているが、逆になぜ近づく、と雪花は目で問い返す。

「血で汚れてしまうので、近づかないでください」

「……少しは空気を読む、とかできないんですか」

「これ以上ないほど読んでます」

読んでいないのはあなた様だ。

「というか、なんでこんなところにいるんですか。ここ、後宮ですよ。北蘭宮ですよ」

「……ちゃんと陛下の許可は取ってます。ただ、今回のことはわたしも絡んでいますので」

「ああそうですか。なら、後の処理は任せます。わたしの仕事はあくまで蘭瑛様をお守りすることですので」

「…………」

じりじりと志輝との距離を取りながら、雪花は蘭瑛妃の元へと戻った。

蘭瑛妃は血まみれの静姿を抱きかかえ、彼女の傷口を、切り裂いた裳《も》の一部で強く押さえ込んでいた。だがその布は多分に血を含み、吸いきることはもはやできていない。

雪花は顔を顰《しか》めた。喉笛《のどぶえ》を斬られたのだ。——もう、助からない。静姿の顔は青白く、血の気がなかった。

だが、それでも蘭瑛妃は諦《あきら》めていなかった。

「止まりなさいよ、なんで止まらないの……。まだ何も、あなたから聞けていないのよ……」

必死に押さえながら、蘭瑛妃は腕の中の静姿に呼びかけ続けた。

「ねえ、静姿……。わたしの声は、届いている……?」

光を失い虚ろな目をした静姿に、蘭瑛妃の震えた呟《つぶや》きが落とされた。

「明明の次に、あなたと出会った。わたしに怖がらずに手を伸ばしてくれたあなたは、本当に姉のようだった。もし姉がいたら、あなたみたいな人がいいって、心から思ったのよ……」

静姿の頬に、一粒の雫《しずく》が落ちた。

血と混じりながら、それが静姿の頬を流れ落ちていく光景を、雪花たちは声を殺して見守るほかなかった。

——泣いている。

彼女が、泣いている。今まで一度も泣き顔を見せなかった、彼女が。

自分が泣かせた。傷つけた。その涙を拭《ぬぐ》ってあげたいのに、もう指先すら動かせない。

ごめんなさい、ごめんなさい。

いくら謝ったところで済む問題ではないけれど、本当に、ごめんなさい。

裏切り者だと分かっても、手を伸ばしてくれたのに。何も伝えられずに去ることになるなんて……。

静姿は白くぼやける視界の中で、なぜか蘭瑛妃と出会った頃を思い出していた。

わたしは商家の娘として生まれ育ち、四人の弟妹がいた。

父親は商人で昔から野心家だった。金に汚い、といえば良いのだろうか。損得勘定の激しい見栄《みえ》っ張りの人で、世の中は金次第でなんとでもなると思っているような人だった。

病で亡くなった母も、金にものを言わせて買ったという。母が亡くなった時、彼は母親のことを『高い買い物させやがって』と言い捨てていたから、おそらく本当のことだろう。

そして彼は、また金にものを言わせて次の母親を娶《めと》った。

まだ三十そこらの、気が弱そうな人だった。でも、彼女は優しかった。血は繋《つな》がっていないが、自分たち子供を可愛がってくれた。わたしにとっては、母というよりも姉に近い存在だった。

そんなある日、父が投資した事業が失敗し、膨大な借金が発生した。父は仕事で挽回《ばんかい》しようとする一方、家では酒に溺《おぼ》れ、継母を甚振《いたぶ》るようになった。

彼女を庇《かば》ったわたしも、相当打たれた。弟妹たちは怯《おび》え、震えた。

父の顔色を窺《うかが》いながらひっそりと暮らす、息の詰まる毎日だった。

だがそんなある日、父の元を訪れる人物がいた。顔を頭巾《ずきん》で隠していたが、身なりの良い男だった。

その男が帰ってから、父はひどく上機嫌だった。金を工面してくれるあてが見つかったと。そして、父はわたしにこう言った。

『家族を思うなら、もちろん働いてくれるだろう』と。

父親からの命令は、五家の一つ、あまり良い噂を聞かない姫家《きけ》で働けというもの――つまり、姫家の情報を流す間者として、わたしは金の代わりに売られたのだ。

継母は反対した。だが、まだ幼い弟妹を路頭に迷わせることはできないので、わたしは彼女をなんとか納得させた。

そしてわたしは、姫蘭瑛の侍女として仕えることになった。

主人である姫蘭瑛は、とても変わった少女だった。

まず、綺麗《きれい》な容姿をしているのに、自身の飾り方を全く知らなかった。襤褸《ぼろ》、とまではいかないが、良家の子女とは思えないほどの身なりだった。

そして毎日毎日、時間があれば医学書を読み漁《あさ》って、泥まみれになりながら庭を弄《いじ》るので、淑女としての基本を教えようとする明明がいつも頭を抱えていた。

それどころか、自ら調合した毒やら薬やらに時々中《あ》たって失神したり嘔吐《おうと》したりしてくれる始末だ。その度、明明に怒鳴られていた。

でもある日、なぜ彼女がそうなったのか、少しだけ理由が分かった時がある。

初めて彼女の着替えを明明の代わりに手伝った時、彼女の体にはいくつもの傷跡——折《せっ》檻《かん》された跡があった。

父親に甚振られる日々を思い出し、わたしは苦い顔をした。

『どうしたの——あぁ、これ？』

彼女は自身の肌を見下ろして、首を竦《すく》めた。

『わたしの母親よ。あなたもわたしの噂、知っているでしょう？』

袖《そで》に腕を通しながら、彼女はくすりと笑った。

彼女には不気味な二つ名がある。

姫家の凶華——人に災いをもたらす者。彼女に関わったものは皆、災いに巻き込まれ不幸になる。

そして彼女は——自らの手で、母親を殺したと言われていた。

『でも、それは嘘なのでしょう……？』

毎日、こうして彼女を見ていればわかる。彼女は変わってはいるが、決して人を傷つけない。

すると、彼女は襟を合わせながら振り向いた。

『いいえ、本当よ』

一切の感情を消し去って。

『わたしが殺したわ』

彼女はそう告げた。彼女の顔に、翳《かげ》りが落ちていた。

灰色の目は底なし沼のように見え、自分よりも年下だというのに思わずぞっとした。

彼女が抱える闇の断片を、見た気がした。

だけど瞼《まぶた》を伏せる際、ほんの少し、悲しんでいるようにも見えた。

『あなたも、家の言いつけで来たのでしょうけど、あまりわたしに関わらない方がいいわよ』

再びくるりと背を向ける彼女に、わたしは手を伸ばした。その背中は、ひどく傷ついているようだったから。怯えているようだったから。

気がつけば彼女の頭を、弟妹をあやすようにポンポンと撫《な》でていた。

彼女は、怪訝そうな顔をしてゆっくりと振り向いた。

『……それは、何？』

『あ……すみませんっ。つい、弟妹を思い出して、なんとなく。……その、悲しんでおられるように見えたので』

自分よりも年下の彼女は、その小さな体でどれほどの痛みに耐えてきたのだろうか。

すると彼女は一度瞬《まばた》きし、じっとわたしの顔を見返した。

『……温かい』

『え？』

『最近、知ったの。家族でもくれなかった温《ぬく》もりを、たとえ、血が繫がっていなくても、分けてくれるんだって』

彼女はそう言うと、わたしの手に己の手を重ね、小さくありがとうと微笑んだ。

初めて見た、彼女の笑顔だった。

同性でも思わずどきりとするような、可愛らしい笑顔だった。

『……あなたには弟妹がいるの？』

『は、はい。四人、います』

『そう……。羨《うらや》ましいわね、あなたみたいな人が姉だったら』

『いえいえ、そんな……！』

『ふふ、いいな……』

彼女はわたしの手を頭から下ろして、ぽつりと呟いた。自身の足元に視線を下ろして、己の拳《こぶし》をぎゅっと握る。

『わたしね……本当は守りたかったの。でも、方法が分からなくて、結局今まで、傷つけて遠離《とおざ》けるしかできなかった』

一体誰のことを指しているのだろうか。そんなこと、まだ出会ったばかりの自分にはわからない。

でも面をあげた彼女の眼差《まなざ》しは、不安を抱えながらも、前に進もうとする光があった。

『だから……。わたしが気味悪いかもしれないけど、あなたとも仲良くなれたら、嬉《うれ》しいと思う』

彼女のその言葉と眼差しが、今思えば始まりだった。

『はい』

彼女を心から慕う一方、心が痛んでいく始まり。

その時はまだ何も分かっていなかった。姫家の動向を探るだけだと思っていたから。

家のため、家族のためなら仕方ないと、まだ自分に言い聞かせられていた。

『──あぁ！　蘭瑛様、また服を汚しましたねっ！』

『げ、明明』

部屋を訪れた明明が、脱ぎ捨てられた服が土まみれになっていることに気づき、目尻《めじり》を吊《つ》り上げた。

『げ、とはなんですか！　何度言ったら分かるんですか！』

『……だって』

『だって、じゃありませんよ！　こんな状況じゃ、妃《きさき》どころか宮女としてすら後宮に入れませんからね！』

『……あと二年はあるから大丈夫よ』

『あと、二年、しか、ないんです！』

『………』

『着替えが済んだらさっさと勉強にしますよ。ほら、さっさとして下さい。ただでさえ出だしが人より遅れているんですからさっさとしてください。時は金なりです、さっさと始めましょう』

明明は両手を腰にあてて、有無を言わさない空気を押し付けてくる。さっさと、ばかりを連呼され、蘭瑛が不満そうに唇を尖《とが》らせれば、さらに彼女はむっと眉《まゆ》を寄せた。

今思えば、この時からすでに、明明の眉間《みけん》の皺《しわ》はあった気がする。

それから明明によるしごきに耐え抜き、彼女が貴妃《きひ》として後宮入りするときには、鈴音《すずね》、星煉《せいれん》、一水《いずみ》も一緒にいた。

後宮での日々は、隔離された世界とはいえ辛《つら》いことばかりではなかった。慣れないことも多かったが、皆で助け合ってきた。些細《ささい》なことで喧嘩《けんか》して怒って、仲直りをして。

本当の家族のようだと思った。

でも、自分はその中にはいられない。一人、違う。いつからか、心から笑えなくなった。

そう、情報を流すだけだった役目が、次第に更なる要求を課せられるようになった。

同じ間者である宦官《かんがん》から毒を渡され、それを盛るように言いつけられた。狙いは陛下でなく、蘭瑛妃。

手が震えた。でも、ここで断れば家族を質に取られることは明白だった。

逃げられない、やるしかない。

苦悩に苛《さいな》まれながらも、結局わたしは主人を裏切った。

少量ずつ、彼女の食事に盛った。細心の注意を払い、誰にも見つからないように。

彼女なら、なんとか回避できるだろうと信じて。

願いが通じてか、彼女の身に変化は訪れなかった。毒と気づき、すぐに食べることをやめてくれた。

ほっと胸を撫でおろしたのもつかの間、次に彼女の月の道が途絶えた。

そのことだけは、昔からすぐに報告するよう念を押されていた。だからわたしは伝えた。

どうなるか、心の中で分かっていながら。

すると、彼女の外出する日時と場所を教えろと連絡がきた。わたしは悩んだ。でも……

結局、わたしは従ってしまった。

そしてその日。わたしは庭園へ出かける蘭瑛妃と明明の後を途中までつけた。

もう、放っておけ。彼女たちを売ったのだから。自分が自分を、家族を守るためには仕方がない。そう、仕方がないのだと、何度も自分に言い聞かせた。

なのに――。

わたしは途中、すれ違った衛兵に、色目を使って声をかけた。

庭園で簪《かんざし》を落としてしまった。もし、見つけたら北蘭宮へ届けてほしいと。

自分なんかが助けに行けない。行く資格もない。お願いだから、間に合ってほしいと。

なんて自分勝手な願いだろうと、思いながら。

それを、例の宦官に見られているとも気づかないで。

以降、わたしは彼に脅されて度々身を売った。心が死んでいく感覚は、こういうことを言うのだろうと、その時初めて分かった。

そしてついに張り詰めていた糸が切れ、わたし自身が人殺しになった。

もう、おしまいだと直感的に悟った。同じ間者を殺したことで、きっとわたしも口封じに殺される。

とっさに、同じ刻に抜け出していた雪花に罪を着せようと思ったが、それが裏目に出たのだろう。雪花が気づいた。わたしが内通者であると。

だからわたしは、呼び出された部屋の前に立った。全てを終わらせる覚悟で。どうせ逃げ場もない。なら、わたし自身の手で終わらせようと。

(だけど、それがどうだ――)

結局自死することもできず、何かを言い残すこともできずにその場で斬られた。

なんて裏切り者らしい最期。愚かで、哀れな最期だ。

それなのに、どうして彼女は――。蘭瑛妃は、そんなわたしを抱きとめてくれるのだろう。どうして、こんなわたしに手を伸ばしてくれるのだろう。

とても温かい。泣きそうになるほどに。

「ねえ、静姿……。わたしの声は、届いている……?」

ええ、届いています。あなたの優しい声が。深い暗闇に落ちていく中でも。

ああ、謝りたい……。あなたに、皆に。

「明明の次に、あなたと出会った。わたしに怖がらずに手を伸ばしてくれたあなたは、本当に姉のようだった。もし姉がいたら、あなたみたいな人がいいって、心から思ったのよ……」

なんて、もったいない言葉だろうか。今のわたしには、その言葉を受け取る資格すらないのに。

でも、もし。この罪をあの世で償って、生まれ変われることを許されたその時は――。

ああ、遠のいていく。声が、音が、光が、意識が。

せめてひと言。ひと言だけ、謝らせて。伝えさせて。

「……ごめ……さ……」

皆に、まだ謝れていないから。

ごめんなさい。明明、一水、鈴音、星煉——そして、雪花。

あなたには一つ、忠告しておかなければいけないのに。

紅《こう》志輝という男に、近づきすぎてはいけないわ。彼は、もしかしたらこの先——。もはや声は出せず唇だけを動かした。

静姿の意識はそこで途絶えた。


息を引き取った静姿の瞼をそっと伏せさせ、蘭瑛妃は彼女の身なりを整えた。

「……蘭瑛様」

「……ありがとう、守ってくれて」

泣いているのかと思ったが、蘭瑛妃はもう泣いていなかった。

ただ悼むように、静姿の遺体を眺めている。

「——陛下」

蘭瑛妃は、横に立つ陛下に声をかけた。

「なんだ」

「静姿の家族はどうなりますか」

「……父親はまず、無理だ。あとは、調べてみないと分からない」

「……はい」

「だが、これだけ早く口封じにかかる程だ。……手は尽くすが、すでに手遅れかもしれないぞ」

「……はい」

蘭瑛妃は長い睫毛《まつげ》を伏せた。

雪花も静姿を見下ろしながら、彼と同じ考えを抱いていた。

「それで、あの男は何か吐いたか」

陛下に尋ねられ、雪花は少し逡巡《しゅんじゅん》した。

何せ淑妃は、蘭瑛妃と肩を並べる四夫人の一人だ。

だが隠しているわけにもいかず、雪花は恐る恐る答えた。

「……淑妃、と言い残しました」

「！」

驚く三人の中で、一番初めに反応を示したのは意外にも蘭瑛妃だった。

「違う……。彼女じゃないわ。彼女が、するわけない」

蘭瑛妃は首を横に振って、きっぱりと言い切った。灰色の目は、強く陛下を睨《にら》み上げている。

「……調べないわけにはいかないぞ」

「分かってるわ。好きなだけ調べたらいい。彼女の潔白が証明されるのだから」

「ですが蘭瑛。もし、今回のように――」

「志輝。その時は、わたしが愚かだっただけのことよ。今回のようにね」

「……なら、徹底的に調べますよ」

「ええ」

三人は顔を見合わせ、それぞれ互いに睨みあった。

(……なんなんだ、この三人は)

蘭瑛妃の揺るぎない意思も気になるが、この三人の関係性も雪花は疑問だった。蘭瑛妃と志輝は幼なじみと聞いていたが、もしかしたら三人共がそうなのだろうか。

昔から互いを知り尽くしているかのような、なんともいえない不思議な空気が流れていた。

静姿の死には緘口令《かんこうれい》が敷かれ、あくまで急な里帰りということになった。北蘭宮の皆は口にこそ出さないが、何か思うことがあるのだろう。お喋《しゃべ》りで賑《にぎ》やかな鈴音でさえ、その話題を口にしようとはしない。

あれから蘭瑛妃もどこか元気がなく、一人の時にため息をついている姿をたびたび見かける。

（結局は詳しいことは分からず、か）

布団に潜り、雪花は寝返りを打つ。

予期した通り、静姿の実家はすでに火事で全て燃えたそうだ。人も、物も、家も全て。どうやら相手は、かなり利く鼻と耳とお持ちのようだ。

静姿の死で、蘭瑛妃にせまる目先の危機は落ち着いたと言える。しかし黒幕がはっきりしないいため、雪花はもうしばらく後宮にいなければならないらしい。

淑妃とあの男は言ったが、本当にそうなのだろうか。

蘭瑛妃はなぜか、彼女にかかる疑いをきっぱりと否定した。仲はどうしようもなく悪いのに。

その姿を見たからか、雪花もいまいち淑妃を疑いきれない。

（ま、自害するような男が、最後に吐いたのも妙だしな）

雪花は嘆息した。

（……深く考えるのは止《よ》そう）

他人の感情に振り回されるな。冷静であれ、いかなる時も。選択を誤らないように。

今、自分の仕事は蘭瑛妃を守ること。それだけだ。

今までだって、いつだってそうだった。

仕事をする。体を張って護衛をする。たとえ体が傷つこうとも、反対に他者を傷つけようとも。心を殺して、ただ努めるだけ。これ以上大切なものを、奪われないように。

だがそう思うように努めても、目の前で静姿を死なせてしまった——その事実は、雪花の心に暗い影を落とす。おそらく蘭瑛妃もそうなのだろう。

目の前で人の死を見ると、否《いや》が応でも思い出す。——自分を庇《かば》って死んだ姉を。そして両親を。

雪花は拳《こぶし》を握りしめ、明日のために目を閉じた。


志輝は珍しく自室で一人、酒を飲んでいた。

先日、死の直前に呟《つぶや》いたあの侍女の言葉が耳に残って離れない。

『やはり、あなたは——』

彼女が言わんとした意味を、志輝は――。いや、志輝と翔珂《しょうか》は理解していた。

いずれ来るかもしれないと思っていた事態が、背後まで迫っている。

どこから漏れたのかはしらないが、本当に鬱陶《うっとう》しい限りだ。この身に流れる忌々《いまいま》しい血。

今更それを求めて何とするというのだろうか。

(人の邪魔をするなら、排除するまでのこと)

志輝は、西方から送られてきた赤い葡萄《ぶどう》酒を一気に飲み干した。

本来ならゆっくり味わうものであるが、今はそんな気分ではなかった。

これの贈り主が知ったらきっと、『もったいない、酒の味も知らぬ奴に誰が贈るか』と、反発を食らうだろう。

(……いっそのこと、あの人にも協力してもらうか。ややこしくなったら、困るのはあちらも同じだろうし)

駒は多ければ多いほどいい。

志輝は人の悪い笑みを浮かべると、筆と紙を取り出した。

「――志輝様」

要件を手短に書き記していると、扉の向こうに駿《しゅん》がやってきた。

「入っていいですよ。どうしましたか」

「はい。あの……部下から報告があったのですが、どうやら紫水楼《しすいろう》に、玄《げん》雪花の養父が現れたらしいです」

「養父殿……玄風牙《ふうが》、でしたか」

「はい」

志輝はしばらくの間黙り込み、筆を滑らせ要件を書き終えると、ようやく顔を上げて駿のほうを見る。

「……挨拶《あいさつ》をしておきましょうか」

「え⁉　志輝様がですか？」

「ええ、何か不自然ですか」

「別に会う必要などどこにも……」

「ですが、彼女の雇い主はわたしですし。それに、今後も長いお付き合いになるかもしれません」

彼女の傍にいると、凍えていた心が少しずつ溶け出すのを感じる。

からかいがいがあって、あの白けた視線でさえ楽しくて、そんな視線でもいいから自分を見ていてほしいと。

気が付けば目が彼女を追っていて、もっと彼女のことを知りたいと思う半面、彼女にも自分のことを知ってもらいたいと思う。

「……長いお付き合い？　それって一体どういう意味なんですか⁉」

「その言葉のままの意味ですが。長いお付き合いです。……なぜ、そんなに衝撃を受けるのです」

「志輝様にはあんな小娘ではなく、もっと奥ゆかしく清楚《せいそ》な方がお似合いだと思います！　おれは反対ですっ」

「奥ゆかしく清楚……。女の本質を分かっていませんねえ、駿は。そんなことだと、女にコロッと騙《だま》されますよ」

「騙されませんっ」

「ああそうですか」

「人の話聞いてますか!?」

「はいはい。あ、これ出しておいてください」

　適当に聞き流しながら、煩《うるさ》い駿に手紙を押し付ける志輝。

（養父殿か……。一体どんな男なのやら）

　雪花が言うには、賭博《とばく》好きの美男で女たらし。

　一方で、雪花に体術・剣術を教え育てた男。

（明日にでも、あの娘に話をして一度連れて帰るか）

　いまだに煩い駿を、有無を言わさず追い返し扉を閉め、紅家当主は一息ついたのであった。

「――は？」

　面会室に雪花の間の抜けた声が響いたのは、ちょうど正午過ぎであった。

「ですから、一度里帰りをして養父殿にご挨拶を」

　紫陽花《あじさい》が花開き、日差しがよりいっそう眩《まばゆ》くなる初夏。

　気候の変化で頭が回らず突然おかしなことを言いだす奴がいると聞くが、目の前にいる貴人――紅志輝もそうなのかと雪花は可哀想な目を向けたら、半目で睨み返された。

　突然話があると呼び出されて来てみれば、何をとち狂ったかこの男、花街に戻ってきた養父に挨拶しに行くから同行しろというのだ。

　いやいや、やめてくれ。

　確かに養父が戻っているなら、雪花とて色々問い詰めたいことがあるから一人でなら構わない。しかし、目の前のこいつがいたらどうだろう。

　志輝が養父と顔を合わせている姿を想像するだけで。そう、想像するだけで――。

（……嫌な予感しかしない）

　煌《きら》びやかな美貌《びぼう》をこれでもかと自信満々に誇る天邪鬼《あまのじゃく》な養父と、月のように静謐《せいひつ》な美しさを盾にして中身が真っ黒な志輝。

この二人が顔を合わすだなんて無理。その場にいたくない、一緒の空気を吸いたくない。

「養父のことなどお気になさらずええ全くもって気にする必要ありません。あなた様が会う必要などどこにもございません」

無意識に腕を掻《か》き毟《むし》り、雪花は盛大に顔を歪《ゆが》めつつ口早にまくし立てた。

「なぜそこまで嫌がるのですか。何か不都合なことでも？」

「……いえ、特には」

勘である、面倒な予感。

「なら構いませんね」

「…………」

ものすごく構います。

しかし厳しいこの縦社会、庶民の雪花に拒否権はない。

「おや、返事は？」

意地の悪い不敵な笑みを浮かべた志輝は絶対に引く気はみられない。ギギギと奥歯を鳴らしそうになるのを堪《こら》えつつ、雪花はそっぽを向いて渋々「是」と頷《うなず》くほかない。

（ああ嫌だ……）

何が悲しくてこいつと里帰り……。

（いや、待てよ？）

　こいつは金持ち、それに女なら誰しも目を奪われる美青年。そんな彼の好みは、蘭瑛妃曰《いわ》く後腐れのない女。

　となれば、来るついでにもてなして、一夜を明かしてもらうのがいいのでは。

（そうだよ、そうしたら店側も儲《もう》けになるし、わたしも紹介料もらえるじゃないか）

　銭をたんまり落としていってもらおうと雪花は一人企《たくら》み、口端をにやりと持ち上げた。


　侍女が一人欠けてしまい、忙しさに追われる北蘭宮の先輩方に断りを入れに行くと、一日や二日くらい構わないから行ってこいと笑顔で背中を押された。申し訳ない限りである。

　志輝も同行すると知っていた蘭瑛妃に関しては、にやにやした表情でいってらっしゃい、とご丁寧に手を振って見送ってくれた。もちろん傍には、それを横目で咎《とが》める明明の姿があったのは言わずもがな。そんなこんなで、雪花は迎えに来た志輝、駿と共に、狭い馬車の中にいた。

　──だが。

（なんで、横に座る？）

　雪花の横には志輝。残る駿は目の前に一人で座っている。文句は言わないものの、いつぞやのように不服満載ですと顔に言葉を貼り付けて雪花を睨《にら》んでくる。

(こっちだって不平不満満載だっての)

極力離れようと端に逃げるも、底意地の悪そうな笑みと共に更に距離を詰めてくるから、雪花はげんなりとしながら視線を合わせないよう窓の外を見つめていた。

先ほどから何やら色々世間話を振ってくるが、特に興味のない雪花は淡々と受け答えしている。

「そういえば、曹《そう》静姿の件ですが」

「！」

「……ようやく振り向きましたね」

「それで」

志輝がじとりと見てきたが、雪花は無視することにした。

「あの襲撃犯ですが、外宮《げくう》で下働きとして入っていた者でした」

「そこから何かわかりましたか」

「それが、名前も生い立ちも全て偽りでした。なので今、調べなおしている途中です」

「えっ……」

駿も苦々しそうに表情を歪ませている。

静姿の一家が一晩でいなくなったことも考えると、敵はなかなか巧妙に立ち回っているようだ。

背後に何が蠢《うごめ》いているのか知らないが、なぜ蘭瑛妃を狙うのか。

政治的策略によるものなのか、政に疎い雪花には想像もつかない。

まあ調べるのは志輝の役目だし放っておこうと再び視線を外に向けようとしたら、ガシッと手首を握られた。

「話は変わりますが、本当に泊まっても良いのですか」

しかもぞっとするような色気を眼差《まなざ》しに混ぜて。

「……はあ。店側は両手《もろて》を挙げて喜んでますのでどうぞ。そしていっくらでも話は変えてもらって結構ですが、手、放してください」

自分の手を握るほど欲求不満だったのかと、雪花は憐《あわ》れみつつも鬱陶しがるという器用な真似をして見せた。

この前、花街に来るならゆっくり休んでいってはどうかと提案してみたら、『本当にいいのですか、いいのですね、構わないのですね』と今みたいにしつこく詰め寄られた。

(ちょっとくらい色目使ったら、相手にしてくれる女性はわんさかいるだろうに)

そこはお上品な家柄のために無理なのかねえと思いつつも、頭の切れるこいつならいくらでも手段はあったはず。

(好みがうるさいのかな)

小遣い稼ぎをするために、前もって妓楼《ぎろう》に連絡を入れておいたが好みまでは伝えていない。

そんなに飢えているなら体力勝負できる姐《ねえ》さんのほうがいいのか……。

（ま、それは行ってから決めてもらえばいっか）

とりあえずそれまでは我慢してくれと、前のめりになってますます睨みを利かせる駿を横目に、雪花は鬱陶《うっとう》しい手を退かそうと必死に抵抗した。

そんなこんなで、居心地の悪い馬車に揺られること半刻程《はんとき》。

人通りの少ない昼の花街に到着した雪花たちは、紫水楼の前に立っていた。

「雪花、帰ったのか」

出迎えてくれたのは男衆の一人、柳杞《りゅうき》である。熊のようながっしりとした大男であるが、これがなかなか優しい男だ。

頭をがしがしと撫《な》でられ、雪花はふふ、と思わず笑みを零《こぼ》した。

「お久しぶりです」

「おう」

「おや、帰ったのかい雪花」

柳杞の後ろからひょいっと顔を出したのは、この紫水楼をまとめ上げる楼主である帰蝶《きちょう》だ。

「ご無沙汰《ぶさた》してます」

「本当にね。……で、と。この娘《こ》がお世話になってます。ようこそ、志輝様」

年齢不詳、しかし女の色香を常に身に纏《まと》う美しい楼主は、志輝に向かって優雅に礼をした。

「突然の訪問、わざわざ出迎えて下さりありがとうございます」

「いいえなんの。前もって知らせてもらっていたので。本日は手厚くおもてなしさせて頂きますよ」

といいつつ、金儲《かねもう》けしようって気満々だよなあ。目が金になってるよ、帰蝶。

とそこで、ふと雪花は首を傾げた。

（あれ。あいつがいない？）

絶対に誰よりも真っ先に飛び込んで暑苦しい抱擁でもかましそうな、養父——風牙がこの場にいないことに雪花は首を傾げた。

怪訝《けげん》そうにあたりを見渡す雪花に気づいた柳杞は、気まずそうに首裏をかいている。

……おかしい。

「……柳杞。あいつは？」

雪花のどすの利いた声に、明後日《あさって》の方向を見上げる柳杞。

ますます怪しいと睨めば、柳杞の代わりに答えたのは帰蝶だった。

「雪花……。せっかく帰ってきて悪いんだがね」

いつもは誰よりも口が達者な帰蝶なのに、今ばかりは歯切れが悪い。

こりゃまたあいつが何かやらかしたな、と雪花は眉間《みけん》に皺《しわ》を寄せる。

「実はね……風牙が攫《さら》われた」

「……ついに男娼館《だんしょうかん》にでも売られましたか」

雪花は遠い目をしながら、はははと珍しく嗤《わら》った。

そうか。行き着くところまで行き着いたか。

もはや仏の様な境地に立っている雪花の横では、「だ、男娼!?」と駿が嫌悪感を前面に押し出し顔を蒼《あお》くさせている。お上品な方々にとったら、ドン引きしてもおかしくない、というか当たり前の反応だろう。志輝も何とも言えない表情で固まっている。

「雪花、おまえがそう言いたくなるのはわかる。ああ分かるよ。あいつのことだ。むしろ、喜んでいる可能性の方が高い」

「そうですね」

「ああ」

雪花、帰蝶、そして柳杞は揃って大きく首を頷かせた。長年一緒にいる雪花にとっては最早《もはや》何も思わない。彼に限っては、恋人が女性だけとは限らないのだ。

『いい？　雪花。恋に落ちれば女も男も関係なし!!』

と、いつぞやどや顔でほざいていたのを覚えている。

確かに無類の女好きであるが、好みのど真ん中の男がいれば話は別だ。性別の垣根なんて、軽ーい跳躍《スキップ》一つで越えていく。だからついに色々しでかして、雪花が妓楼に売られたように、奴も売られたのかと思ったが。

「わたしもてっきりそう思ったんだがね」

「え、違うんですか」

「詳しくは知らないが、あれはたぶん仕事だろう。身なりのいい狐目男に連れてかれたよ。報告がどうのこうのって言ってたからねぇ」

あいつ、ちゃんと仕事してたのか……。いや、まあ昔から、何か裏でしているなと分かっていたけれど。

「そんなわけで、突如いなくなってしまってね。明日には帰るとは言ってたけどどうだか。志輝様、引き留められず申し訳ありませんね」

「ああ……、気になさらないで下さい。明日お会いできるかもしれませんし」

志輝は一見にこやかに微笑んでいるが、一体どんな奴だよ、と思っているに違いない。いつもの胡散臭《うさんくさ》くて意地の悪い笑顔がぎこちない。

「というわけで」

帰蝶はパンッと両手を合わせた。

「奴のことはともかく放っておいて、今宵《こよい》はぜひおもてなしさせて頂きますよ。お二方」

真っ赤な紅を乗せた唇が艶《つや》やかな弧を描く。猫のように細められた目は、やってきた金づるを逃すまいと狙う猛禽類《もうきんるい》のそれである。

前回、塩を持て！　追い返す！　などと息まいていたのはどこのどいつだか。

悪寒を感じたのか、駿が肩を震わせている。

「だけど、その迷惑美貌《びぼう》は困りますねえ。雪花は色々、嫌っていうほど免疫があるにしろ、うちの子たちは仕事になるかどうか……。今日は覆面なしですか」

迷惑美貌、と雪花は噴き出しそうになって口を手で覆った。なんという的確表現。確かに！　と雪花は拍手を送りたくなった。

そう、行き過ぎた美貌はまさに迷惑そのもの。迷惑、というか害だ。養父に然《しか》り、目の前の御当主様に然り。

そういえば……と、雪花の脳裏に、春宴の席での出来事が否応《いやおう》無しに蘇《よみがえ》る。

陛下の横に控えているだけであったのに、彼を目にした周りの者――侍女や女官たち、あまつさえ男共までも志輝に視線釘付《くぎづ》けの首ったけ。その結果、彼に心奪われ仕事を蔑《ないがし》ろにしてしまった者たちが続出する始末。失神者はでなかったが、胡散臭い笑みでも真正面から受けてしまえば倒れていたのではなかろうか。

（正に迷惑美貌……）

肩を震わせていると、志輝にじとりと睨まれた。

「今日は持ってきてません」

「あらまあ、それは困ったねえ……あ。ちょうどいいのがあるじゃない。これなら全部隠れるし。悪いけど部屋まで、これ、被《かぶ》ってて下さいな」

帰蝶がいいもの見つけたとばかり、壁にかけてあったものを取って志輝に差し出した。

（え……っ）

帰蝶が差し出したものを目にして、皆固まった。いや、空気が凍った。

それは、祭りの際に誰かが買ってきた仮面だ。それも商売繁盛の神様――間が抜けていて愛嬌《あいきよう》のある、ふっくらした翁《おきな》が笑う仮面であった。

こんなふざけた（いや、ふざけたといっては神に失礼なのだが）ものを被れというのか。

そりゃ神様もこんな麗人に被られるなら本望かもしれないが。

（神様はいいかもしれないけどね。喜んで大盤振る舞いしてくれるかもしれないけどね）

冗談なのか本気なのか。怖いもの知らずの帰蝶は、志輝の反応を楽しむようににやにやしている。

しかし当の本人は一体――。

恐る恐る、志輝を視線だけで窺《うかが》い見る。

（――あ）

彼も固まっていた。いつもの微笑を出す余裕はないのか、無表情で、お面を見下ろしたまま。

一体どうすんだよこの空気、と肝を冷やしていると、帰蝶が「ぷっ」と噴き出した。

「っははは！　いえいえ、冗談ですよ、冗談！　もう、お上品な方には冗談が通じないんだからっ」

冗談だったのか？　本当に？

志輝の肩をバンバン叩《たた》きながら彼女はお面を取り上げると、大判の布持ってきな、と柳杞に声をかけた。柳杞はこれ幸いとその場から逃げるように店内へ消えていく。

一方の志輝は、どこか恨めしそうに帰蝶を見ていて、なんだか拗《す》ねた子供みたいだ。

（そういえば、年は幾つなんだろ）

人間離れした美貌に加え、食えない空気をいつも身に纏っていて貫禄も十分にあるから、てっきり二十代前半……半ばくらいだと思っていたが。

もしかしたら案外若いのだろうか。

ふとそんなことを考えていると、こつんと後頭部を帰蝶に突かれた。

「ぼけっとしてないで、雪花も着替えてきな。悪いが働いてもらうからね。ただ寝ただ飯食らいは許さないよ」

帰ってきて早々働かされるわけか。

まあとにかく志輝から少しでも離れることができるならと、どうぞごゆっくり……と雪花も頭を下げて店内へと入っていく。その際、帰蝶に彼の好みをこっそりと伝えておくことを忘れない雪花である。

「さて……。冗談が過ぎたみたいでごめんなさいね」

「……いえ、別に」

「ふふ、別にって表情《かお》じゃないね。だけどこちらとしても、少しくらい意地悪もしたくてねえ。娘同然の子を仕事とはいえ、持っていかれたんだから」

それも嫌な嫌な後宮にね、と帰蝶は吐き捨てるように付け加えた。

「それはどういう――」

志輝が片目を細めてその意図を問うと、帰蝶はくるりと背を向けた。

「なあに。人には誰だって、暴かれたくない過去が一つや二つあるってことさ。……あなた様にもあるようにね」

「！」

基本紫水楼の人間は、一階に部屋を与えられている。二階、三階は客間が続き、三階は上客専用となっている。雪花の部屋は二階の隅――もとは物置部屋を使わせてもらっている。一階に空き部屋がなかったためである。ただ客間と同じ階なので色々と艶《なま》めかしい声は聞こえてくるものの、その時間帯はたいてい仕事をしているのでほとんど気にならない。

しばらく使っていなかった自室はてっきり放置されて埃《ほこり》っぽいかと思っていたが、意外と綺麗《きれい》に手入れされていた。

まさか掃除代まで請求されないだろうな、と一抹の不安を覚えつつも、雪花は着慣れた胡服《こふく》に着替えた。そして刀を持って廊下へ出る。

（……？）

何やら騒ぎ声が聞こえるのでそちらのほうへとそろりと足を向けると、三階の客間に続く階段のところで姐《ねえ》さんたちが押し寄せていた。

我先にと押し合っていて、ドゴッと殴り合う音も聞こえてくる。

「やばいやばいっ超・美男！　あれは絶対に、布をとっても絶対美男！」

「やーんっ。次、わたしが行きたい！」

「ちょっと待ちな！　あんたそろそろ座敷だろ！　わたしはあがりだから相手するならわたしだっ！」

「なによ、抜け駆けする気!?」

「抜け駆けじゃない、仕事だよっ！」

どうやら志輝の顔を一目見ようと、酒を注ぎに行く順番を皆で争っているらしい。

（さすが志輝様、顔が隠れててもモテモテなことで。ま、楽しくお過ごしくださいまし）

これで彼の欲求不満は解消され、自分に対する嫌がらせは少なくなり、帰蝶の懐も潤って万々歳である。駿もこれを機に女を知って大人の階段を上れるであろう。

彼らが誰を指名するのか気になるが、またそれは感想を含めて後日伺おう。一応帰蝶には、それとなく志輝の好みを前もって伝えてあるし。

なんていい仕事をしたんだ（実際の仕事はこれからだが）と、自画自賛しながら玄関へと降りようとしたら、後ろから襟首を摑まれた。

「ぐえっ」

「こら雪花ー。戻ったのに挨拶《あいさつ》もなし？」

「ちょっと萌萌《もんもん》。首絞まってる、放してやれって」

容赦なく襟首をつかみながらくすくすと軽やかに笑うのは、豊満な肢体をもつ萌萌だ。

その後ろでは、勝気な目が印象的な秀燕《しゅうえん》もいた。

「あ……ただいま戻りました」

この二人は、紫水楼の双璧《そうへき》とも呼ばれるほどの人気娘――つまり高級妓女《ぎじょ》だ。

昔は好敵手《ライバル》なだけあって、目を合わせるだけで喧嘩《けんか》するほど険悪な関係だったそうだが、ある時を境に鳴りを潜め、今ではこうやって一緒にいる。

性格はまさに正反対といっても過言ではないのに、おかしなものだ。

萌萌はおっとりしていて、愛嬌もあり、美女であるが可愛らしい部類。その体が描く妖《あや》しく美しい曲線美は、絵師がこぞって描きたがる逸材らしい。そんな彼女と一夜を過ごせば、二度と現実世界では満足できないほどの桃源郷を見ることができるやらなんやら……だったか。

一方秀燕は、すらっとした様であり背も高く、静かな美しさを持つ。性格は萌萌とはまさに正反対で、客に対して礼儀はあるも素っ気ない。だがそれが癖になるらしい。

それに教養に関しては紫水楼一であり、彼女の優れた知性に惹《ひ》かれる者たちは後を絶たない。

「わたしたちに挨拶がないなんて、ひどいじゃない？」

「すみません。ええと……お二人は今からですか」

「そうだよ。あそこで団子になってる奴らを黙らせて、仕事して来いって帰蝶姐《ねえ》さんがね」

「ああ、なるほど」

さっすが志輝様だなあ。双璧二人を侍《はべ》らせるなんて、そんじょそこらの男どもとは違うってか。

まあ確かに、この二人ならあの男を前にしても怯《ひる》むことも虜《とりこ》になってしまうこともないだろう。

「じゃあわたしは仕事ですので」

「いや、だからあんたの仕事はそっちじゃないって」

「は――ぐぇっ」

背を向けようとしたら、今度は秀燕に腰紐《こしひも》を引っ張られる。

「何すんですかっ」

「とりあえず、ややこしいからわたしの部屋に来な」

「はあ？」

腰ひもを掴《つか》まれたまま後ろ向きに歩き出す雪花に、萌萌はうふふと笑う。

「だって、雪花の部屋に化粧道具なんてないでしょう？」

「んなもんないに決まって……。え、ちょっと待ってください」

なんだか嫌な予感がする。表情を強張《こわば》らせた雪花は逃げ出そうとしたが、後ろにはしっかりと腰紐を掴んで逃がさない秀燕、目の前にはにっこり笑顔の萌萌がしっかりと逃げ道を塞《ふさ》ぐ。

「仕事って、門番じゃ……!?」

「今日の仕事は、あんたの雇用主のお相手だってさ」

「はぁ!?」

「それでぇわたしたちのお仕事は、雪花をおめかしさせること」

一瞬にしてさあっと顔面から血の気が引いた。

誰か嘘だと言ってくれ。

「ふふふ、とびっきり可愛くしてあげるわねっ」

「嫌だ、絶対に嫌だ……！」

「帰蝶姐さんの言うことは絶対だろ？」

なんでだー！

ここまで来て、雇用主に嫌がらせされるなんて……！

声にならない悲鳴を上げながら、雪花は彼女たちに連行されていったのであった。

全て上手《うま》く回って万々歳だったはずなのに、なんだこの状況は。

姐さん二人に追い剝《は》ぎの如く素っ裸（下着は死守した）に剝《む》かれ、有無を言わせずひらひらしたお下がりを着せられ。髪が抜けんばかりの勢いで髪を高く結われて。そして濃いほどの化粧をばっちり施された雪花は、役人に捕まった下手人のように再び連行された。

——現在の雇用主の元へと。

もちろん部屋の途中で押し寄せていた他の妓女たちは、萌萌と秀燕の一喝で蹴散《けち》らされたのは言わずもがな。

そして今、志輝と駿が控える部屋の前まで辿《たど》り着いてしまったわけである。

「志輝様。お待たせし——ってここまで来て逃げんじゃないよ雪花！」

「往生際が悪いわよぉ、雪花。断ったら更に借金上乗せされるでしょっ!?」

隙をついて逃げようとしたが二人に首根っこを捕まれ、その場に腹這《はらば》いで縫い付けられた。

床に頬を押し付けられながらも、雪花はぐぬぬぬと必死に抜け出そうとするが、萌萌に上から座られて身動きを封じ込められた。

「借金はもちろん嫌だけど！　でも、なんでよりによって相手が奴なんですか……！　納得いきません！」

「そんなに怒ったってだめよ？　だあって、向こうがあんたをご指名なんだから仕方がないじゃない。わたしだって美男、食べたいのにさ」

「じゃあ食べちゃってくださいよ！　ええ美味《おい》しくぺろりと頂いてくださいよっ」

そもそも本来、それが目的だったのに、何がどう拗《こじ》れてこんな事態に……！

一体なんの嫌がらせだ、あの野郎！

この上級妓女二人を断るなんて、絶対に頭おかしいだろう！　せっかく帰蝶に根回ししたっていうのに、人の親切をなんだと思ってやがる！

「別に水揚げってわけじゃないんだから酒の相手くらいしてきな。萌萌、そっち持って」

「はぁい。せーのっ」

「あだぁあああああ!」

二人に身体を持ち上げられ、部屋の中へ強引に投げ込まれた。

「うふふ志輝様。お待たせ致しました」

「雪花、ちゃんと仕事すんだよ」

「〜〜〜っ」

恨みがましそうに二人を振り返ったが、無情にも扉はぴしゃりと閉められた。閉ざされる瞬間、二人がにんまりとほくそ笑んでいたのは見間違いじゃないはずだ。

(くっそ、やられた……)

小さく悪態をつきながら、全ての元凶である男を雪花は見上げ、そして誰も見ていないことをいいことに遠慮なくガンを飛ばした。

志輝は足を崩して寛《くつろ》いでおり、手酌で酒を呷《あお》っている。もちろん雪花の睨《にら》みなんてどこ吹く風、全く応《こた》えていない。

覆面越しでも意地の悪い笑みを浮かべているのが分かる。

「遅かったですねえ」

そう言いながらはらりと覆面を取れば、現れるのは花の顔である。

全く、いちいち絵になる男である。それがまた雪花の苛立《いらだ》ちを増幅させるのであるが、あれ、と雪花は疑問符を浮かべた。

よく見れば、意地悪い笑みにどこか不機嫌さが混じっている。人に嫌がらせしているのになぜだ。

「こんな話聞いてなかったもので」

だが、不機嫌さはこちとら負けていない。

起き上がって居住まいを正しながら、嫌々ながらも志輝と向かい合った。——極力距離をとりつつ。

「わたしこそ、こんな話聞いてませんよ。あなたが相手をして下さると思っていましたが」

「あっはっは、ご冗談を」

何言ってやがるこの野郎。

「そちらこそご冗談を。まさか、他の方を当てられるとは思いませんでしたよ。一体何をどう考えたらそうなったのか、お聞きしたいですね」

だからそれはわたしの台詞《せりふ》です。

「ですから、わたしは良かれと思ってですね」

「良かれ……。何をどうとったら良かれと思ったんですかね。ええぜひお聞かせ願いたいですね」

は、なに言ってんだ。花街に来てやることなんて一つだろう。

「ですから。日頃の鬱憤《うっぷん》と疲れを、美女との一夜ですっきりさっぱりしてもらおうかと」

「……すっきり……さっぱり……」

「やはり殿方の疲れを吹き飛ばすには、それが一番って言いますしね」

至極当然そう答えただけなのに、なぜか志輝を取り巻く空気がどす黒さを増した。

(なんで？)

盃《さかずき》をコトンと膳《ぜん》に置き、面《おもて》を上げた志輝の顔は不機嫌を通り越していつぞやの様に怒っていた。キラキラ光る笑顔で怒っていた。

「………」

目をぱちくりさせて、雪花は反射的に正座のまま後ずさる。

「……それはそれは。有り難いお気遣いですね。本当に」

言葉と態度が全然一致していない。いつもは雪花が志輝に言われる台詞であるが、今ばかりは志輝に言ってやりたい。

どす黒い空気を身に纏《まと》った魔王がゆらりと立ち上がり、ゆっくりと近づいてくる。

(だ、誰か助けてくれ……)

そうだ、こいつの駄犬がいたはずだと駿の姿を探すが、この場にいないことに今更気づく。

(あいつ……！　駄犬ならこういう時にこそ控えてろよ!!)

たらりと冷や汗を流しながら、雪花は頬を引きつらせる。

「一体どういう思考回路なので？　ぜひ頭の中が見てみたいですが、かち割るわけにはいきませんからね」

いや、今すぐにでもかち割ってしまいそうな極悪人面ですけど。綺麗《きれい》な美人が怒ると、どうしてこうもど迫力なんだ。

「ぜひお聞かせ願いたいですね」

そのど迫力の顔で真上から見下ろされ、雪花はたまらずに白状することになった。

馬鹿正直に、正座させられたまま洗いざらい吐いた。

志輝が欲求不満そうに見えたので、ここで発散してもらえればいいと思ったこと。そうなれば店も儲《もう》けになるし、雪花にも紹介料が入ってくること。

ちなみに彼の好みは蘭瑛妃に聞いたことを告げると、彼の笑顔はますます不気味なものへと変化していく。

「……あ。もしかして好みが違いましたか。初々しい娘が良ければ今から――」

「もういい、もういいです。結構ですから、それ以上何も言わないでください」

大きくため息をつきながら、彼は眉間《みけん》を揉《も》んだ。

余計なことを……と、ぶつぶつ独り言を言いながら、何やらどっと疲れている様子である。

「とりあえず、あなたが酒の相手をしてください。今宵《こよい》はそれで結構ですから」

「……はぁ」

やっぱり酒の相手はしなきゃいけないのか。

数拍遅れた答えが気に入らなかったのか、志輝はムッと口をへの字にさせると、雪花に視線を合わせるようにしゃがみこんだ。

「もちろん、あなたも飲んでもらって結構ですよ。タダで」

「え！　いいんですかっ」

途端目を輝かせた雪花に、にっこりと笑って志輝は条件を突きつけた。

「その代わり、交換条件です」

「え」

「あなたは舞踏が得意だと聞きました。それを披露して下さい。せっかくこんなに、綺麗に着飾ってくれているのですし」

「……どこからそれを」

「秘密です。さ、どうしますか？」

こいつ、飴《あめ》と鞭《むち》の使い方を分かってやがる。

だが素面《しらふ》で志輝の相手をするには少々きつい。せいぜい半刻《はんとき》が限度か。

志輝が何に怒っていたのかはよく分からないが、それで機嫌がなおって上等の酒を奢《おご》ってくれるというのなら。

「……わかりました。その代わり一回だけですからね。あと、お酒はお代わり自由でお願いします」

「いいでしょう」

こうして雪花は接客兼自身の酒代のために、久しぶりに舞踏を披露する羽目になったのであった。

二胡《にこ》の演奏は、この妓楼《ぎろう》で演奏家として居候している男――楊任《ようにん》が請け負ってくれることになった。

彼は雪花が紫水楼に来た時からすでにいた男で、二胡や琵琶《びわ》、古琴などあらゆる楽器に精通している。

年は三十代くらいだろうか。ゆったりと話す穏やかな男で、異国の血が流れているのか色素の薄い茶色の髪と青い目が特徴的だ。

急なお願いであったが、彼はいいですよ、と嫌な顔一つせず引き受けてくれた。

「曲はいかがしましょうか」

「わたしが踊れる曲は限られてますから。そうですね……。今の季節だったら月涙睡蓮《げつるいすいれん》でどうでしょう」

「いいですね、そうしましょうか」

「はい、お願いします」

すぐにでも仏頂面になりそうな表情をなんとか抑え込みながら、酒のため、酒のため、と必死に自分に言い聞かせて雪花は志輝の前に立った。

(失敗しても文句言うなよ)

二胡の美しい音色が流れ出すのに合わせ、雪花の身体がしなやかに前後に揺れ出した。

雪花が選んだのは扇舞だ。

弦を弾《はじ》く楊任の手が一度止まると、雪花は右手に持った扇子を閉じたまま天に掲げた。

そして再び流れ出す静かな旋律に合わせ、顎《あご》と胸を大きく反らした。

扇で半円を描きながら上体を屈《かが》めて片膝《かたひざ》をつき、再びゆったりと立ち上がる。

次に右足に重心を預けて片足で立ち、左足を高く掲げて二拍。

(あー、身体硬くなってる)

身体が鈍ってるなと思いつつ、足を下げてその場でくるりと軽やかに回ると、扇を広げて志輝を流し見る。

意外にも、彼はじっと瞬《まばた》きせずに真剣に見ていた。

てっきり、にやにや顔でからかっていると思っていたが。

（そういえば……。彼もそんな表情でいつも姉を見ていたな）

遠き過去。幼いながらに舞踏が得意であった姉。共に過ごしていた少年の母親に指導を受け、いつもくるくると踊っていた。

そう、確かこの曲でも。

『わたし、好き。この曲』

今思えば、なぜ姉は餓鬼ながらこんな物悲しい曲が好きだったのだか、雪花は今でも理解できない。

もっと明るく、楽しい曲のほうが雪花は好きだった。

そりゃあの頃に比べて成長した今なら、多少はこの曲の侘《わび》しさや情景が分からないこともないが。

（ああほら。思い出してしまったじゃないか）

曲調が次第に速くなる。月の涙が止んで、夜空が次第に晴れ渡っていく様に。

舞え、飛べ、軽やかに。

扇を開き美しく靡《なび》かせながら、雪花は舞った。

「まったく、人攫《さら》いみたいに攫うんじゃないわよ！　びっくりしちゃうじゃないっ」

風牙は、とある屋敷の一室でひたすら酒を呷っていた。

もちろん相手をしてくれる好みの女も男もおらず、いるといえばここへ自身を攫ってきた糸目の若者と、その彼を育て上げた口うるさい婆《ばばあ》だけである。

「おまえが報告サボるからじゃ！　この変態めがっ」

高齢だというのに背筋はしゃんと真っすぐで、ちょっとやそっとでは折れない性格が如実に表れている様だ。

けれどもなぜか杖《つえ》を持っており、それでさっきから風牙の長い脚をペシペシと叩《たた》いてくる。

杖本来の正しい使い方を誰か教えてやったらどうなんだ。

足で鬱陶《うっとう》し気にそれを払いつつ、風牙はツンと顔を逸《そ》らした。

「あーら、長年生きてて変態の境地を知らないなんて可哀想ね」

「変態境地に達するくらいなら、死んで蛙にでも生まれ変わったほうがマシじゃい」

「なぁあんですってぇ!?　この婆！」

「ああん？　やんのかえ!?　この変態！」

「あはは、全く話が進まないねえ。おばば、そんなに怒ったら血管切れちゃうよ。それに風牙殿、怒ったら皺《しわ》増えるって言ってたじゃないですか」

「あらやだ！　全く、若さを妬《ねた》むだなんていやだわぁ」

「誰がぶっ飛んだ変態の若さなんて妬むかい。冗談にもならないこと言ってんじゃないよ」

女装の美人と怖いもの知らずの小さな老女が、バチバチと音を立てて睨《にら》み合う。

「大体なんなのよっ。なんであんなクソ爺《じじい》の代わりがこんな坊ちゃんなわけぇ……!?」

「あはは、すみません。蜜柑《みかん》の木の手入れが忙しいみたいで」

「わたしよりも蜜柑のほうが大事ってわけ!?」

「あはは、蜜柑のほかに桃も育てだしたみたいで。蜜柑と桃に負けちゃいましたね」

「へらへら笑ってんじゃないわよっ！　この糸目小僧!!」

「あいてっ」

「こら！　若様に何しておるかっ」

「いったぁ！　この婆っ！　杖で乙女を殴るなんてっ」

「若様の頭を叩きおって！　大体ここに乙女なんぞ、わらわ以外にどこにおる。おるのは可愛い若様とど変態だけじゃ」

「さっきからおとなしく聞いてればこの婆っ」

「その口のどこが大人しいんじゃっ」

「あはは、いつまで続けるの？　仲がいいねぇ」

「「よくないわ!!」」

ふんっと鼻息を荒くして、風牙は椅子に座りなおした。小さな老女もぷりぷりと怒りながら身を引いて、糸目小僧と呼ばれた若者の後ろに控えなおす。

「で、何かつかめましたか」

にこにこと笑みを絶やさない小僧を、風牙は目を細めて見遣《みや》る。

(あのクソ爺がこんな若造を寄越《よこ》すとは……。こいつも、狸の部下なだけあって狸なんだろうな)

風牙は徳利《とっくり》にそのまま口をつけて一気に飲むと、ふぅ、と気だるげに一息をつく。

(さて……。どこまで報告すべきか)

手持ちの札をすべて晒《さら》すわけにはいかない。

彼女を止めなければならないのだ——手遅れになる前に。今度こそ。

「……西が水面下で動いてるわ。動くなら、そろそろってとこね。だから、中枢——近いうちに荒れるわよ」

だから、あの狸爺相手だろうが最後の札は絶対に守る。

彼らに誓った約束を、今度こそ守るために。

「仲いいじゃない」

「すごく綺麗でした。本当に踊れるとは」

「猿の些細《ささい》な芸当です」

とりあえずやってやった。

舞い終えた雪花は、喉《のど》が渇いたといわんばかりにさっそく酒を飲んでいた。もうどうにでもなれと半分ヤケになりながら、盃《さかずき》に並々注いだ酒を一気に飲む。

舞えば飲ませてくれるというんだ、ご厚意に甘えようではないか。そもそもこいつと二人きりなんて素面でやってられるか。いっそのこと、志輝の顔が醜男《しこお》だと錯覚するくらいに酔ってしまいたい雪花である。

「あー、美味《うま》い」

「それはよかったです。ですが、飲み干すのが早すぎやしませんか」

「こんな上等な酒はあまり飲めないものでね。飲み貯めしておこうかと」

そこらに売っている安酒とは違う。口当たりはまろやか、米の質が良いのだろう。これはいけない。飲みやすくてついつい進んでしまう。

「奢りということなので遠慮はしませんからね。今更撤回はなしですよ」

「ご安心を。ここの酒代くらいで破産しませんから」

さらりと言い放った志輝に、あんたはそうだろうねと雪花は心中で密《ひそ》かにつっこんだ。

いっておくがこの紫水楼は花街の中でも三本の指に入る人気妓楼《ぎろう》である。当然妓女《ぎじょ》の質も良く、その分値段は張る。しかも今いるこの部屋は、風呂《ふろ》と寝室を兼ね備えた一等室である。

部屋代だけでもすごいというのに、酒に制限はなしときた。妓女はとっていないにしろ、普通の一般人なら手が届かない——届いたとしても一夜の夢の代わりに、目が覚めれば借金地獄だというのに。いやはや、金持ちは言うことが違う。

「お金があるなら、わたしなんか相手にしているよりもっと色々楽しめるのに。まったく勿体《もったい》ない」

しみじみ呟《つぶや》くとなぜか彼の目が据わったので、雪花は言葉を引っ込めた。

楽しいこと勧めただけなのに、なぜ怒る。まったく、美男の考えることはわからない。

今宵《こよい》はそういう気分ではなかったのだろうか。

「それ以上勧めると押し倒しますよ」

「黙ります」

女心は難しいというが、男心も大概難しい。

「そういえば、駿様は一体何処《どこ》へ？」

「あぁ、邪魔でしたので他の妓女の方に連れていってもらいました。いい経験ができるのでは？」

「邪魔って……。でもまあ、確かにそうかもしれませんね」

誰が彼の相手をしているのだろう。彼なら若くてそれなりに顔立ちも良い部類に入るから、皆嬉々《きき》として受け入れてくれるに違いない。

それに坊や好きな妓女はたくさんいるから、文字通り手取り足取り優しく相手をしてくれるだろう。

「あれは少し、女という生き物を学んだほうが良いでしょう」

いっそのこと、一度や二度騙《だま》されたほうが彼のためですなんて付け加える。全く恐ろしい主人である。

「志輝様は女性に対して淡泊ですよね」

蘭瑛妃の言う通りだ。あの美女二人に靡《なび》かないなんて、本当、女性に興味がないのでは。

「何か、失礼なことを考えていませんか」

「いいえまさか」

危ない危ない。これを言ったら怒るんだっけ。

「大体、あなたに言われたくありませんよ。あなたこそ淡泊そうじゃないですか。ていうか鈍いでしょう」

「失礼なことを言ってくれますね。わたしだって……あ、志輝様もう一杯どうぞ」

志輝の盃が空になっていたので酌をしようとしたが、銚子《ちょうし》を奪われ逆に注がれてしまった。志輝は自身で手酌してしまう。

「どうぞ」

「あの、だからそれわたしの仕事……」

「お気になさらないでください」

「気にしますよ」

「わたしは楽しくあなたと飲みたいんですよ。で、さっきの続きは？」

こんなずば抜けた美人に酌をされると、落ち着かないだろうが。だが、志輝は珍しく楽しそうにしているからまあいいかと思うことにする。

ただしこの状況が後宮に知られたら、絶対に締められてつるし上げられて公開処刑だと、若干の恐怖を覚えながら。

「でも、これでも初恋くらいはしたことありますよ」

酒を味わいながら、雪花は天井を見上げた。

遠い過去はもはや今となっては幻のようだ。全てが失われる前にあった、些細で温かな日常。あの時は、その時間がいつまでも続くものと信じていた。

幼い彼と、幼いわたし。そして、その二人の真ん中にはしっかり者の姉がいて、わたしたちの手を握ってくれていた。そこから少し離れた所では、その姿を微笑ましげに眺める彼の美しい母親と、彼女に仕えるわたしたちの母親がいて。

皆——自分以外、いなくなってしまった。

途端、なぜか志輝が固まって、盃を傾けてしまった。

「なんですか。そんなに意外ですか、失礼ですね。ていうか服濡《ぬ》れてるじゃないですか」

酒が勿体ないと思いながら、手巾《しゅきん》でぽんぽんと質の良い衣を拭《ふ》く。

そしてもう一度酒を注いで差し出すと、その手首を摑《つか》まれた。

「……なんですか。手、放してください。摑むほう間違ってます。こっちじゃなくてそっちです。酔ってんですか」

「酔ってません。なんですか初恋って」

「初恋は初恋ですよ。志輝様にだってあるでしょうが」

「いやまあそれは……って、それはどうでもいいんですよ」

「はぁ。お酒、いらないんですか」

「いえ、もらいますが」

「ですからどうぞ」

「どうも。で、初恋って、どこのどいつですか」

「昔の話です。ていうか放してください、暑苦しいです」

「答えて下されば放します」

相変わらずの粘着質である。

油虫をみるような目になりつつ、雪花は簡潔に答えることにした。

「昔の話ですよ。家族ぐるみの付き合いがあった、男の子が好きだったんですよ」

「………」

「なんで衝撃を受けるんですか。本当に失礼ですね」

なんだか今日は表情豊かだな、この男。酒が入っているから余計にだろうか。

「その人は、今」

「さあ。わたしが家族を亡くしてから、離れ離れになったので分かりません。彼も亡くなったと聞いているので」

もしかしたら、生きているのかもしれないが。……それこそ、あなた様が仕えている御方だよ、と心の声を漏らす。

「……今でも彼を？」

ぎゅっと、雪花の手首をつかむ指に力が入った。若干痛いくらいだ。

「まさか、昔のことですよ。それに、果たしてあれは恋と呼べるものだったのかも不明です」

「………」

懐かしいなあと思い返しながら、雪花はうっすらと柔らかい笑みを浮かべた。

すると志輝は何をとち狂ったか、摑んだ雪花の腕を引っ張り、自身の胸の中に閉じ込めた。

　いつか嗅《か》いだ白檀《びゃくだん》の香りが鼻先をくすぐり、雪花の思考が一瞬停止する。

「……何してんすか」

「腹が立ったんで、上書きです」

「やっぱり酔っ払い……」

「違います」

「人肌恋しいなら今こそ姐《ねえ》さんお呼びしましょ――っていひゃい！」

「全く、憎たらしい口ですね」

　片頬を摘《つま》まれ、真上から瞳《ひとみ》を覗《のぞ》き込まれる。

　うーわ、この人至近距離で見ても毛穴ないよ。化粧もしないでこの美肌か。けしからん男がこの世にいるもんだ。

　しかもまつ毛も長いことで。無駄に色気が漂うはずだよ。

「なんですか」

「いや、色んな意味で女泣かせだなと」

　こんな美人の隣に寄り添うのは、いったいどんな女性なのだろうか。

　彼の隣で見劣りしない女性なんて、本当に高嶺《たかね》の花――女神様級しか無理だろう。自分より綺麗《きれい》な夫を持つなんて、普通なら抵抗があるだろうし。

（神様は絶対に間違えたよな、性別）

なんていうか、この美しさで男の象徴があるだなんて、ある意味倒錯的か……。

絶対、こんな男の横で妻はもとより恋人なんてやってられない。ああ、だから長続きしないのかな。

「……漏れてます、声が」

「へ」

地べたを這《は》うような声が聞こえたと思ったら、今度は両頬を引っ張られた。

「い、いだいいだい……！」

「言っておきますけど、好きでこの顔になったんじゃないですからね。生まれ出たらもれなくこれだったんです。性別も、もれなくこれだったんです」

「いひゃい！」

「いっそのこと、その失礼な口を塞《ふさ》ぎましょうか。ついでに泣いてみますか」

壮絶な色気を纏《まと》った瞳が間近に迫り、雪花は極限まで顔を顰《しか》めてみせるという芸当をみせた。

「……その顔、さすがに傷つきます」

吐息がかかりそうな距離で、志輝が色気をひっこめて憮然《ぶぜん》と見下ろした。

「ならちゃっちゃと放して下さい」

「それも嫌です」

「駄々っ子ですか」

「そうですね」

「わたしに構う暇があったら他の美女当たって下さい。喜んでお相手してくれますよ」

「わたしは、あなたがいいと言ってるでしょう」

「はっはっは。まったく意味が分かりません」

「分からせて差し上げましょうか」

「いえいえご遠慮願います、相当酔っ払ってらっしゃるようで。ああ、お水。お水頭から被《かぶ》ってみては」

「酔ってませんので遠慮せず。あなたも水浴びするなら構いませんよ。それも楽しそうなので」

「一人でどうぞ。てかなんで更に近づいてくんですかこの野郎」

「その口の悪さの矯正もついでにしましょうか」

「ははは。志輝様が離れてくれれば、少しはお上品な口に戻りますよ」

伸《の》しかかってくる志輝に必死に抵抗していると、外から凄《すさ》まじい速さで誰かが向かってくる足音が聞こえてきた。

ドドドドド、と忙《せわ》しないその音はこの部屋の前でとまり、伺い立てもなくスパンと扉が開けられる。

「な、何なんですかここは……!!」

そこには、目尻《めじり》に涙を浮かべた駿がいた。

彼の衣類は乱れに乱れて盛大に開《はだ》けていて。鍛えられた胸板が覗いており、その胸元には紅の跡がある。

何か左手に握りしめているなと思ったら、それは本来腰に巻かれている筈《はず》の帯である。

帯が外れた彼は、裳《も》がずり落ちないように必死にもう片方の手で握りしめていた。

まるで、貞操を間一髪で守って逃げてきた乙女のようである。

(あ、違うか)

童貞を捨てるどころか後生大事に守って逃げてきた青年である。

さっさと捨て去れば至福の味を知れるというのに勿体《もったい》無い奴め。

(だけど、おかげで助かった)

雪花は志輝の腕から逃げ出しながら、安堵《あんど》と憐《あわ》れみが混じった奇妙な視線を駿に送るのであった。

身なりをしっかり整えた駿は、不貞腐《ふてくさ》れて座っていた。

凄まじい勢いで飛び込んできた彼が、落ち着こうと思い一気飲みしたのは水ではなく酒で。

「大体志輝様はひどいっ。おれがそんなに邪魔なんですか!?　そんなにお邪魔でしたか!?」

つまるところ、紅駿は一杯の酒で酔っ払っていた。それもめそめそ泣きながら、主人に向かってからみ酒である。

「……駿様、お酒弱いんですか」

「さあ……。付き合いでも一滴も飲んだところを見たことがないので。あの通り生真面目で——」

「あっなんですか！　そこ！　言いたいことがあるなら大きな声で!!」

「……うざいですね」

「ええ」

初めて意見が合った雪花と志輝である。

「駿、もういいから寝てなさいと……」

「嫌です！　なんですか、なぜ女が迫ってくるんですかっ、ふっ、ふふふしだらなっ」

「それはあなたが不甲斐《ふがい》ないからでしょう。だから付いてこなくて良いと言ったのに」

「ふ、ふが……っ！　でもだからってあ、あああああんな……!!」

何を思い出したのか、ぼんっと一瞬で赤面した駿は、両手で顔を覆って俯《うつむ》いた。

反応だけ見ると、もはや乙女である。どれだけ噛《か》む気だ。

(服を剝《む》かれただけで煩《うるさ》い奴)

初歩の段階でそんなこと言ってると、そのまま爺《じい》さんになって枯れちまうぞと密《ひそ》かに毒づく雪花である。

「今から寝床を整えますから、さっさとお休みくださいませ」

ともかくさっさと寝てくれと、二組の布団を整えながら雪花は言った。

妓楼《ぎろう》で男二人並んで寝るとは。男色家の噂が立たなければよいが、そんなところまで面倒はみられない。自分たちでなんとかしてくれ。

「そうだ！　勝負しろよ、おまえ！」

「は？」

「再戦する約束だっただろ!?」

顔を赤くさせて詰め寄ってくる駿を鬱陶《うっとう》しく眺めながら、そういえば志輝が人を品定めしてきた際に、斬り結んだんだっけなと思い出す。

そんなことは、すっきりさっぱり忘れていた雪花である。

「それはまた後日でいいんじゃないですかね。駿様、今、酔っ払っているじゃないですか」

「大丈夫だ！」

「完全に千鳥足なのに？」

「どこがだ！」

「いや、だから見たままですけど」

「駿、あなたいい加減に……」

「大体志輝様はなんでこんな奴がいいんですか！　趣味が悪いです‼」

指をさされてゲテモノ呼ばわりされた雪花は、瞬《まばた》きを数回すると、何も聞かなかったかのように再び手を動かした。

（こいつ、前から思っていたけどモテないな）

女の扱いがまるでなってない。

こんなことだとこの先苦労するぞ――って、もうしてるか。それで今の状況だもんな。

テキパキと仕事をしながら、この酔っ払い用の水差しと、嘔吐《おうと》した時の受け皿がいるな、と雪花は階下に取りにいこうとしたが。

「逃がさないぞ！」

その酔っ払いが両手を広げて入り口を塞いでいた。やはり千鳥足である。

「はいはい、すぐ戻ってきますから少し待っててくださいね」

「今すぐ勝負しろ！」

「わたしは忙しいので、後で、お願いします」

「あなたも駄々っ子ですか」

「嫌だ！」

「ええい、剣を抜け!!」

「剣なんて持ってませんよ。そもそも、剣よりもまずここで抜くものがあったでしょうに。まったく今日使わないでいつ使うんだって話……あ、いや、今のはなし」

酔っ払いは意味を理解できずに首を傾げているが、下世話な比喩《ひゆ》に志輝が睨《にら》みを利かせたので、雪花はこほんと咳払《せきばら》いをして誤魔化《ごまか》した。

「というか駿様、人の話聞いてないでしょ。大体こんな狭い部屋で抜刀なんかしたら部屋が傷つきます。言っておきますが、傷つけたら修理代ふっかけられますからね」

「じゃあ組み手だ!!」

「いや、だから。今日でなければいくらでも相手してやるって言ってるでしょう、この坊ちゃんが」

「なんだとっ」

段々とイラつきを隠せず口調が荒くなる雪花に、駿は額に縦皺《たてじわ》を寄せて彼女の胸倉を摑《つか》んだ。

「駿っ！　止めなさい!!」

「志輝様に優しくされてるからっていい気になるなよ！」

「その逆だっての」

いい気になるどころか最悪である。

「この生意気な――っ」

志輝が割って入ろうとしたが、雪花の堪忍袋の緒が切れるほうが早かった。

襟元を掴む駿の手をひねりあげ、彼の片脚を刈《か》って張り倒した。どんっと大きな音が響き、部屋が揺れる。

目から星を飛ばして大人しくなった駿に、ふう、と一息つこうとしたが。

がしゃん、と背後で何かが割れる音がして、今度は雪花が固まった。

「…………」

嫌な予感がする。

恐る恐る振り返ると、さっきの揺れで棚から落ちたのであろう、飾られていた青い陶磁器の壺《つぼ》が無残にも割れているではないか。

助けを求めるように志輝をみれば、彼は諦《あきら》めろといった表情で首を横に振っている。

「雪花！　あんた何をやらかしたんだい!?　下でものすごい揺れで――」

しかも、隠す間もなく帰蝶が乗り込んでくる。

「っ、な、な、な……！　名匠と言われた姜《きょう》氏の壺が……！」

倒れている駿を跨《また》いで、割れた壺に駆け寄る帰蝶。

その肩がわなわなと怒りで震えているのが分かると、雪花はそろりそろりとその場から逃げ出そうとしたが。

「──雪花」

「ひっ」

どすの利いた図太い声に、その場に縫いとめられた。

ゆっくりと帰蝶が振り返れば、その顔は般若《はんにゃ》の形相に変わっていて。

「……わかってんだろうね」

びりびり、と稲妻が部屋を駆け巡り。

「あ、いや、でもこれはですね、その酔っ払いが……」

「……いか……」

「え？」

「借金追加だよ！！！！！」

その瞬間、とびきり大きい雷が雪花を直撃し、雪花の目が死んだ。

儲《もう》けるどころか赤字を背負う羽目になった。

翌日、昼過ぎまで風牙の帰りを待っていたが、結局彼は姿を見せなかった。

こうなったらいつ帰ってくるのかもわからないので、仕方なく雪花たちは帰路についていたが、城下で馬車を降り休憩していた。

というのも、駿が二日酔いと馬車の揺れの二重苦でえずいているからだ。

彼は酔ってからの出来事はさっぱり忘れていて、服を剝かれたところまでは覚えているらしかった。

いっそのこと、その部分も一緒に忘れてしまっていたほうが良かったのではなかろうかと思ったが仕方がない。

彼が更に女性恐怖症になってしまったとしても、雪花に責任はない。……多分。

何せ他人の心配をしている場合ではないのだ。雪花の頭は、上積みされた借金のことでいっぱいだった。

今までの借金が宮仕えでチャラになったとしても、あと五年はあの妓楼で奉公しなければならない。

いつになったら借金地獄から脱出できるのやら。

やはり、あの貰《もら》った腕輪は売り飛ばすしかないと目論《もくろ》む。

「す、すみません……」

「いいですから。とりあえず休んでなさい」

志輝は道端に蹲《うずくま》る駿に、嫌な顔一つせず付き添っていた。

二日酔い野郎など涼しい顔して放っておくと思っていたが、意外にも気にかけているようだ。

「すみませんが、水を買ってきてくださいませんか。それと、何かさっぱりとした果実でも——」

「わかりました」

じゃあ金をくれと手のひらを差し出すと、志輝は若干口元を引きつらせて駄賃をくれた。

駿の背中をさすりながら、雪花が人ごみの中へ消えていくのを見送った志輝は小さくため息をついた。

まったく、とんだ休暇になったものだ。

あの娘相手に甘い期待などはしていなかったが、さすがに他の女性を充てられた時はムッとした。

分かっていたつもりであったが、本当に彼女は自分のことを雇用主兼金づるとしか見ていない様である。

なので少し仕返しをしてやろうと、あの娘を指名して舞踏を披露してもらったのだが、
それがまずかった。

まさかあんなにも美しく、鮮やかに舞うだなんて。

（反則だろう、あれは）

彼女はお世辞にも、美女とは言えない。いたって平凡。むしろ少年のような中性的な面持ちである。

牡丹《ぼたん》のように華やかではなく、百合《ゆり》のような儚《はかな》さも持ち合わせてはいない、むしろそんじょそこらに生えている図太い野草のようだ。

そんな彼女なのに、どうしてか目を奪われた。

今までは、からかっては彼女の反応を見て楽しむだけであったのに。

胸が強く締め付けられた。厳しく重苦しいのに、一方では心地よい感覚で。全身が痺《しび》れて、ああ、自分は彼女が欲しいのだと明確に気づいた。

（……いや、違う。初めから惹《ひ》かれていた）

それを改めて突き付けられただけだ。今回、その感情の輪郭がはっきりと象《かたど》られただけ。

だが同時に、要らぬことにも気付いてしまった。

心奪われた舞踏は、あの時は自分だけに向けられたもの。だが一体今まで、どれだけの客の前で舞ってきたというのか。

しかし今、それを彼女に問いただしたとしても、過去がなかったことになるわけではあるまい。

大体彼女は恋や愛などにまったく興味がないだろうし、焦ることはないと自身に言い聞かせた。今からゆっくりと、捕まえればよいと。

——なのに。

(初恋？　なんだ、それは)

彼女の行動や言動が予想外なものと知っていたが、後頭部を金槌《かなづち》で力いっぱい殴られたような衝撃だった。

しかも何だ、幻かと疑うくらいに一瞬だったが、あんな優しい笑みを浮かべるなんて。

気が付いたら、抱きしめていた——もちろん全身全霊で拒否されたが。

(そのあとも、腹立たしいことばかり言ってくれたな)

いっそのことあの場で事に及べばよかったかと、物騒なことを考える志輝である。

きっと雪花は、そんなこと微塵《みじん》も気付いていないだろうが。

再びため息をついたところで、頭上から「あらー？」と声がかけられた。

「お連れの方、気分が優れないのかしら？」

視線を上げると、そこには華やかな美を纏《まと》った美人が立っていた。

朱色の派手な衣を纏って、芸者の様な出《い》で立ちである。

「ええ、まあ……」

「ならこれ差し上げるわ。子狸からもらったもので悪いけど」

「はあ……」

（子狸……？）

訝《いぶか》しむも、有無を言わさず蜜柑《みかん》が入った風呂敷《ふろしき》をずいっと差し出され、志輝は受け取る他なかった。

「いい男がげっそりしてちゃダメでしょ。それ食べて元気だしなさいな。じゃあね、お大事に」

その者はそう言うと、手を振って颯爽《さっそう》と去っていった。

「──あれ、志輝様。それどうしたんですか」

入れ違いで、買い物を済ませて帰ってきた雪花の手には、水と蜜柑が。

志輝はどう説明して良いかわからず、とりあえず子狸がくれたらしいです、といえば、雪花はきょとんと首を傾げた。

「よくわかりませんが、かぶってしまいましたね」

雪花は竹筒に入った水を渡して、ご丁寧に蜜柑の皮を剝《む》いて手渡した。

「とりあえず飲んで下さい。そんで、食べて下さい」

駿はコクコクと頷《うなず》いて、げっそりとした顔をしながらも水を飲み始めた。それを側から見ながら、志輝と雪花は一息つく。

「せっかく来てもらったのに、風牙がいなくてすみません」

「いえ、こちらも突然でしたし。それにしても、風牙殿は大丈夫ですかね」

「あぁ、お気になさらず。突然いなくなるのはいつものことなんで」

片手をひらひらと振り、雪花はあっけらかんとした口調でそう言った。

本当にどうでも良さそうだ。

「……慣れてますね」

「ま、十年は一緒にいますから」

雪花は、初夏の青空を見上げて呟《つぶや》いた。

志輝はその横顔を眺めながら考える。

十年、ということは、彼女が少なくとも六、七歳の頃から一緒だということか。

部下に調べさせているが、彼女が玄風牙に拾われる以前の詳細はまだ何も分かっていない。まるで彼女が存在しなかったかのように、何も摑《つか》めない――そう報告があがってきている。

今まで、他人の過去など興味がなかった。それが今はどうだ。彼女のことを、知りたいと思う自分がいる。

「……それまでは？」

「え？」

志輝は彼女の琥《こ》珀《はく》色《いろ》の目を、じっと見つめた。

「風牙殿と出会う前のこと……。昨日、ご家族は亡くなったとおっしゃいましたよね。……だからその、言いたくなければ構わないのですが」

雪花と志輝の視線が重なった。

雪花は探るような目を向けてくる。何かを警戒するように。

しかし志輝が真剣だと分かると、彼女は自身の爪先《つまさき》に視線を落としてため息をついた。

そして慎重に言葉を選ぶようにして、ぽつり、ぽつりと口を開く。

「まあ確かに……。明るく楽しい両親と、面倒見の良い優しい姉がいましたよ」

過去に思いを馳《は》せる彼女の声は、凪《なぎ》のように穏やかだった。

「姉は怒らすと怖かったですけど」

雪花は苦笑し肩を揺らした。

「そうなんですか」

「ええ。この通り、昔からじゃじゃ馬だったんで。やんちゃなことをしては、その都度目くじらを立てられましたね。……本当、懐かしい話です」

雪花はそう言うと、僅《わず》かな微笑と共に瞼《まぶた》を伏せた。最後の呟きには、寂しさとも悲しみともつかない感情が染み込んでいて、これ以上は触れてくれるなと、言葉を持たずに志輝に伝えてくる。

志輝は口を噤《つぐ》んだ。

「……あなたは？」

「え？」

雪花は一旦《いったん》その空気を消し去ると、志輝を仰ぎ見た。

「志輝様のご家族は？」

「わたし、ですか」

「はい」

志輝は一瞬驚き、言葉に詰まった。自分に全く興味がなさそうな彼女が、まさか同じ質問を返してくると思わなかったのだ。

「わたしは、そう……ですね。あなたと同じで、両親は既に他界しています」

志輝は、努めて淡々と答えた。

両親が亡くなっていることを他人に説明することは、何も珍しいことではない。知る者は知っている。

でも、それ以上は気づかれたくない。知られたくない。心の奥深くに、鍵《かぎ》をかけてしまいこんだモノを。

雪花が触れることを嫌うように、志輝も踏み込まれたくないものはある。

（……自分勝手なものだな。彼女のことを知りたいと思うのに、自分のことは言いたくないなんて）

とんだ卑怯者《ひきょう》だ。

志輝は身勝手な感情に苦笑すると、改めて小さな彼女を見下ろした。

彼女にならいつの日か、全てを告げることができるだろうか。そうすれば、彼女も教えてくれるだろうか。彼女自身のことを。

この少女に触れてみたい。欲しい、と思い始めた自分がいる。

──だから、予感がする。

自分と彼女との間にある見えない壁が、崩れていく日が来ると。それが吉となるか、凶となるかは分からない。

まだ自分の心は、全てを口に出せない弱いまま。でも、もし。姉のように勇気を持てたなら。一歩、踏み出すことができたなら。

（……その時はどうか、自分を認めてほしい。心から彼女を望むことを、許してほしい）

そう願いつつ、志輝はいつもの微笑を浮かべなおした。

「姉が一人居ますが、彼女は既に嫁いでいるので」

「へえ、お姉さんですか」

「といっても、同い年ですけどね」

「ん？」

「双子なんで」

雪花はとても驚いた顔をした。驚愕《きょうがく》、という表現がぴったりだ。

「えっ」

「同じ顔なんですか」

「そうですけど」

すると彼女は若干慄《おのの》きつつ、「一国が滅んだな」と呟いた。

一体どういう意味だと冷めた視線で問えば、彼女はだって、と理由をよこした。

「その美貌《びぼう》で女性でしょう。その国は滅びますね」

「……あのですね、勝手に滅ぼさないでくれますか。大体義兄《あに》は普通の商人ですよ。それに姉の性格はあなた寄りなので、まず、よその国に輿《こし》入れは無理です。断られます」

「……それ、どういう意味ですか。喧嘩《けんか》売ってますか」

「そういう意味ですよ」

下からじとりとした目を向けられ、志輝は面白そうに笑った。

「結構な強者《つわもの》なんですよ。壁を素手でぶち壊していくような人なので」

「……それは……すごいですね」

「はい。だから、貰《もら》ってくれた義兄に感謝です」

「へ、へえ……」

どんな想像をしているのか知らないが、雪花がひどく困惑しているのが見て取れた。本当に分かりやすい性格をしている。

「あなたの場合は、わたしが貰ってあげますから安心してください」

冗談めかしてそう言えば、彼女は憤るどころか、今までで一番の嫌な表情をよこしてくれた。

そして「嫌です」と即答された。

「どうしてですか。結構な優良物件だと思いますけど」

「そういうのは他者が評価するもので自分では言いません」

「そうですか？」

「そうです。……まあ確かに、乙女にとったらあなたは優良物件というより桃源郷物件なんでしょうけど、わたしにとったらただの地獄物件です」

「……なんですか、それは」

ヒク、と片頬が引きつるのは仕方がないだろう。どうして、興味がある女性から地獄物件などと言われないといけないのだ。自分は閻魔《えんま》か何かか。

「なら、あなたにとっての優良物件の条件とはなんですか」

とりあえず、彼女に聞いてみることにした。

「そうですね……。万が一にも結婚するなら、平凡顔なのが前提条件です」

「……は」

「わたしが地味顔なんでつり合いが取れますし、なにより心が落ち着きます。あとはコツコツ真面目に働く人がいいです。あ、借金しないことも条件ですね」

一つ目の条件で、いきなり蹴落《けお》としてくれた。

おまえだけは論外だと暗に言われた志輝は、人の悪い笑みを浮かべた。

そしていつか思った疑問を、ここで口にしてみる。

「なら、この顔を切り刻んだらちょうどよくなりますね」

すると彼女は、なんとも言えない顔をしてくれた。慄きすぎて口はひん曲がり、片頬は引きつり、目はゲテモノを見るかのように大きく見開かれている。

志輝はついに、声を上げて笑った。やはりこの少女は面白い、と。


本当に変わった男だと、声をあげて笑う志輝を、雪花は呆《あき》れたように横目で見上げていた。

変態はどこまでいっても変態らしい。

その顔に傷一つでもつけてみろ。この世の終わりとでもいうような女たちの悲鳴が大地を震わし、その原因となった自分は間違いなくあの世行きだ。八つ裂きにされる。

冗談でもやめてくれ。だがこの男の場合は、平気な顔でしてくれそうだから恐ろしい。

怖すぎる。変態でも度合いの上限を設けて頂きたい。

（……にしても、笑うんだな。普通に）

まだおかしそうに笑っている志輝を見て、駿も意外そうに驚いている。

いつもの淡い微笑は人形のような冷たさを感じるが、こうして声をあげて笑っていると普通に見える。そう、普通の生き生きとした青年に。

それにだ。人に興味など一切ないと思っていたが、先ほどは意外と突っ込んだ質問を寄《よ》越《こ》してくれた。

雪花自身に直接話を振ってくるあたり、おそらく〝玄雪花〟の身辺調査が行き詰まったのだろう。頭が切れそうな彼なら、薄々気づき始めたはずだ。

調べても分からない、ということは、故意的に〝玄雪花〟という人間の過去が消されているということに。

あの後宮の、人目に触れない片隅で。あの小さな箱庭の中で生きていた自分はもういない。

瞼を閉じれば、今でも鮮明に思い出せるのに。――優しさに満ちた、温かい日々を。

幼い自分と、共に駆ける少年の後ろ姿。その先には姉が両腕を広げていて、向かってきた二人をふわりと抱きとめる。そしてそれを温かく見守る大人たち。

ずっと続くと信じて疑いもしなかった、当たり前だと思っていた日常。

人は愚かだ。壊されて、奪われてから初めて気づく。――それが幸せだったと。

あの赤い満月の夜、雪花は全てを失った。

家族、大切な人たち、温かな時間。そして自分までも、名を奪われ失った。

両親たち大人は、自分たち子供を逃がすために刃《やいば》の前に倒れた。姉は目の前で死んだ。動けない自分を庇《かば》って、崖《がけ》から落とされた。逃げる途中で離れ離れになった少年の行方も分からない。

一人、自分だけが生き残ったが、その自分もある意味もう存在しない。かつての名で呼ぶ者は、今となっては誰もいないから。誰一人として。

雪の白さと、血の赤い記憶の中にもう一人の自分は消えたのだ。

真っ暗な夜空から霏々《ひひ》と雪が降り積もり、さらいの風が雪を巻き上げる。血で赤く染まった自分を、雪と風が白く掻《か》き消した。

もう二度と、消え去った自分に向き合うことなどない。――そう思っていたのに、どうしてだろうか。

止まったままの歯車がどこかで動き始めた音がする。砕け散った記憶の欠片《かけら》たちが蠢《うごめ》いているような。

きっとそれは、あの場所に戻ってしまったからだ。そして疑問が生まれたから。

陛下《かれ》は、自分の記憶の中にいる少年なのか、と。

もしそうなのだとしたら、どうしてわたしたち家族を——。

（いや……今は、これ以上考えるのはよそう。危険だ、逸《はや》るな）

下手に動いてもし違っていたら、それこそ厄介な事態になる。

雪花は意識を今に戻して、見慣れた街並みをその目に映しなおした。

過去は過去だ。全て捨て去った。今更拾い上げて何になるというのだ。欠片を集めたところで時間が戻るわけでも、今が変わるわけでもない。

養父が教えてくれただろう、後ろに明日はないと。

だから剣を取った。これ以上何も奪わせないために。自分を、そして人を守ることができるように。

それに歯車が動き出しているのなら、自ら動かずともいずれ直面する。過去の影と対峙《たいじ》する時が。

それは天の裁断だ。一人、抗《あらが》ったとて無意味。運命は偶然などではなく、己の生の過程で自らが作りあげてきた必然。

養父の言葉が、雪花の心を落ち着かせる。

だから、それまでは今まで通りでいいのだ。これが運命というなら、流れに身を任せよう。

（——それに、だ）

雪花は、まだ笑いがおさまらない志輝に再び視線をやった。

何かを隠しているのは、この男とて同じだろう。

両親はすでに他界していると答えた時の、あの一瞬の間。声色が僅《わず》かに強張《こわば》ったのを、雪花は見逃さなかった。

戸惑いの中に見えたのは、怯《おび》え——？

すぐに男はいつもの微笑を浮かべて、うまく隠したが……。

もしや、触れてはいけない部分だったのだろうか。

（……やっぱり難しいな。他人との距離を測るのは）

だがまあ、この御仁とは仕事が終わればそこでさよならだ。互いに踏み込まないほうが良いだろう。

すると、ようやく笑いをおさめた志輝の足元で、二日酔いの駿が頭痛と吐き気に苦しみながらも必死に己の意見を述べた。

「俺は絶対に反対ですからね……。こんな女、絶対に認めませんからね……」

何を本気で心配しているのか知らないが、この男の元に嫁ぐことなんてまずあり得ない。

雪花は安心しろと、駿を冷めた目で見下ろした。

「大丈夫です。天地がひっくり返らない限り、そんな事態にはなりません」

すると今度は、志輝が口を開いた。今度は不気味な笑顔を搭載した悪人面で。

「いえいえ。ちょっとした既成事実があれば簡単にひっくり返りますよ」

何をさらりと犯罪まがいの発言をしているのだ、この男は。誰か注意してやる奴はいないのか。いや、だからこそこの性格なのか。

大体そんな既成事実は、もろ手を挙げて喜んでくれる女を見つけて作ってくれ。たくさんいるはずだ。なんなら今、この通りで募集をかけてやろうか。一瞬で応募殺到するぞ。

だがそんなことを口にすれば、またいつかのように髪を雑草摑《づか》みされそうなのでやめておいた。

とりあえず、半目で志輝を睨《にら》んでおく。

「笑顔で物騒なこと言ってるって自覚ありますか。本当に頭の中、大丈夫ですか」

「絶対にゆ、許しませんよ、そんな事態は……！」

「駿、そういう意見を言うならさっさと男になってから言いなさい」

「なっ」

「やはりそうでしたか。なら、今度こそ一人で来てくださいよ。ちゃんと好みに合わせた姐《ねえ》さんを呼んでおきますから。綺麗《きれい》系、可愛い系、艶《つや》系、清楚《せいそ》系、どの系統がお好きですか？」

「だ、誰が行くか！　う……気分悪い……」

好き勝手にもの言う三人の間を、穏やかな薫風が流れていった。

◆◆◆ エピローグ ◆◆◆

二日酔いで動けない駿《しゅん》を、なかば抱えるようにして志輝《しき》の屋敷へ運び入れた雪花《せっか》たち。

事情を聞いた杏樹《あんじゅ》は顔を顰《しか》め、土色の顔をした駿に、とどめとばかりに説教を繰り出した。

弱り目に祟《たた》り目。

彼の頭痛がさらに悪化するのは間違いない。一杯の酒で気の毒に、と少しだけ同情する雪花である。志輝も不憫《ふびん》そうな眼差《まなざ》しをちらりと向けていた。

やはりあの屋敷で、一番の強者《つわもの》は当主の志輝でなく杏樹のようだ。まあそれほどの強者でなければ、志輝の面倒などみられないのだろう。彼が杏樹に逆らっている場面など、一度も見たことがないし。

そんなこんなで、巻き込まれたくない雪花と志輝は逃げるように屋敷を後にし、後宮の大門前に到着した。

（さて……）

後宮へ続く大門の前に立つと、雪花は改めてその門を下から見上げた。睨み、挑むような眼差しで。雪花の目が日の光を反射し、黄金色《こがね》に変化する。彼女は両の拳《こぶし》を握りしめた。

（ここから、仕切り直しだ）

与えられた務めに対して。そして、自分自身に対して。

初めは私情を持ち込むまいと、玄《げん》雪花として何も考えず……。いや、考えまいと足を踏み入れたが、今やその心算は狂っている。

何かが、雪花の中で回り始めた。ならば、逃げずに向き合うしかない。流れに身を任せるしかない。

拳を強く握りしめていることに気づいた志輝が、雪花の横顔を案じるように見やった。

そして、ぽつりと呟《つぶや》く。

「やっぱり、嫌ですよね……」

「……はい？」

唐突な切り出しに、雪花は反応に出遅れた。

「何がですか」

問い返せば、志輝は大門と雪花の顔を見比べた。そして言いにくそうに、口を開く。

「いえ、ですからその……。ここで働くのが」

「……は？　今更何を言ってるんですか」

「顔が強張ってます。それに、身体に力が入りすぎです」

「！」

志輝に指摘され、雪花は慌てて拳を解《ほど》いた。知らずのうちに、握りしめていたようだ。

「これは……嫌とか、そういうのじゃないですよ」

他人に興味などなさそうなのに、意外とよく見てるなこいつ。そう思いつつ、雪花は言葉を続けた。

「なんというか、ある種の気合いみたいなもんですよ」

「……気合い？」

志輝が、怪訝《けげん》そうな表情を寄越《よこ》す。

「そうです。自分に活を入れてたんですよ。しっかりしろよ自分、ってな意味で」

そう言うと、雪花は自身の頬を両手でパンッと叩《たた》いた。小気味いい程乾いた音が鳴り響く。一方の志輝はぎょっと驚き、慌てた様子で雪花の両手を掴み上げた。

「何してるんですか！」

「だから、気合いをいれたんですよ」

今の流れで分からないのか、こいつ。馬鹿なのか。ていうか、何してるはこっちの台詞《せりふ》だ。手を放せ。顔を覗《のぞ》き込んでくるな。

「だからって自分で叩きますか！　あぁ、赤くなってるじゃないですかっ」

「こんなのそのうち引きますよ、どんだけ心配性なんですか。っていうか放して下さい、毎回毎回近いんですよ」

嫌そうな表情を文字通り前面に押し出して、雪花は必死になって志輝の手を振りほどこうとする。しかし、志輝はなかなか放そうとしない。

ええい、と雪花は歯茎をむき出しにして叫んだ。

「そもそも、あなたが持ち掛けてきた話でしょうがっ。こっちだって、やり遂げなきゃ借金問題が残るんですよっ」

「そうですけど、さすがに今回は荷が重いのかとっ」

「はぁ!?」

志輝のひと言に、雪花は一瞬で気色ばんだ。驚くほど強い力で志輝の手を振り払い、目を吊《つ》り上げて志輝を睨み上げる。

「わたしの腕を見込んで仕事を依頼したくせに、荷が重いとか言わないでくれますか！　まだ途中だというのに、馬鹿にしないで頂きたい……！」

小さな体から発せられる怒気に、志輝は息を呑《の》んだ。

荷が重い、などと言われたくない。雪花にだって、今まで培ってきた矜持《きょうじ》がある。何もない自分を支える唯一のものだ。

女だからと軽視されても、体格に恵まれなくとも、不利をものともせずにやってきた。血の滲《にじ》む努力をしてきた。女にしては分厚い掌《てのひら》、そこにある幾つもの剣だこ。自身も、他人の血に何度も何度も塗《まみ》れた。

綺麗ごとだけでは生きていけない世界。

人の命を奪うことの重さも、人の命を守ることの重さも、心に深く刻んでいる。

今まで見てきたもの、ぶつけられたもの、傷つけたもの、託されたもの、全て背負って生きている。今の自分を形成している。

「今回も何も、仕事に大小なんて関係ありませんっ。どんな時も為《な》すべきことを為す、ただそれだけです……！　わたしはそうやって生きてきた……！」

為すべきことを為す。

その意味を、養父が身を以《もっ》て教えてくれた。それを果たすことが、いかに辛《つら》く、難しいことか。でも、どんな苦境にあっても彼は決して折れなかった。そんな彼の背中をずっと見てきた。だから、自分も同じように歩いていく。今までも、これからも。

雪花はきゅっと下唇を噛《か》むと、声音を下げた。

「今のわたしがすべきこと。それは、あなたから与えられた務めを果たすこと。果たさなければ、あんな死に方をさせてしまった静姿《せいし》の魂が報われない。……もちろん、彼女がやってきたことは許されません。……庇《かば》えない。でも、彼女が最期に吐露した想いは……偽りでなかったと、本心だと思うから。静姿のためにも、蘭瑛《らんえい》様は必ず守ります。最後までやり抜いてから、ここを去ると決めています」

雪花は一気に捲《まく》し立てると、短い息を吐きだした。

一方の志輝はそんな雪花の顔をじっと眺めた後、長い睫毛《まつげ》を伏せた。そして、雪花に対して深く頭を下げた。長い前髪が、さらりと彼の頬を撫《な》でる。

「……すみません。あなたを軽んじたわけではありません」

「……でも、荷が重いと」

雪花は不満そうに唇を尖《とが》らせた。志輝は顔をあげて首を緩く振る。

「いえ……。もっともらしい理由が欲しかったんです、多分……。わたしの勝手な欲、といいますか……。あなたを後宮《ここ》に送り出すことを、わたしは少し、嫌だと思い始めていますから」

「……？」

首を傾げる雪花に、志輝は苦笑した。

「あなたは、わたしが見込んだ以上の方だということです。……為すべきことを為す。久しぶりに、その言葉を思い出しました」

志輝は雪花に向かって、片手を差し出した。その黒曜石のような目は、ただ真っすぐに雪花を見ていた。

侮ることなく、驕《おご》ることもなく、ただ対等に。

「改めてお願いします。……わたしも、為すべきことを為しますから。――必ず」

志輝の言葉に、雪花は頷《うなず》いた。そして彼の手を握る。二人の視線が静かに交差した。

静姿を利用した黒幕を雪花も探るつもりだが、自分の務めはあくまで蘭瑛妃の護衛だ。

それを忘れてはいけない。

事件の背後を探るのは、術数に長《た》けているだろう、目の前にいる男のほうが適任だ。

静姿が刃《やいば》に倒れた時、彼女は陛下とこの男を見て何かを呟いた。言葉は聞き取れなかったが、二人は何か勘づいた表情をしていた。おそらく、何らかの情報を摑んでいると見て間違いない。凶手が最後に言い残した〝淑妃《しゅくひ》〟に関することなのかは知らないが……。まあ、徹底的に調べると言っていたのだ。この男に託すのが良いだろう。

なるべく早く解決してもらって、いつもの日常に戻らせてもらおうじゃないか。晴れて自由の身になったとき、借金も壺《つぼ》代以外はチャラになっているはずだし。

「約束ですよ、志輝様」

「ええ」

二人はしっかりと、互いの手を握りしめ合った。

「お金の約束はきっちりと守ってくださいね」

「………」

雪花は至極真面目に念を押すと、なぜか志輝が禍々《まがまが》しい笑みを浮かべた。雪花は瞬時に気配を察し、急いで手を振り払おうとするが。

「やっぱり、何にも分かってないじゃないですか……」

どす黒い空気を纏《まと》った志輝に、ぎちぎちと手を握られるどころか引き寄せられそうになり、謎の攻防戦を繰り広げる羽目になった。

＊＊＊

窓辺に立つ若い女は、欠けた月をぼんやりと見上げていた。開けた窓からは、庭に咲く茉莉花《まつりか》の甘い匂いが漂ってくる。

手駒が三つも減ってしまった。特に、曹《そう》静姿は貴妃《きひ》の一番近くにいて色々と便利だったのに。

静姿はあの人から渡された駒だったが、結局使い捨ての駒で終わってしまった。彼女は主人への情を捨てきれず、自分で自分の首を絞めてしまった。なんと哀れで、愚かだろうか。

己が真に守るべきものを定めていたなら、きっと、こんな事態にはならなかっただろうに。

半端な甘さは己と周りを破滅に導く。

人は各々、守るべきものがある。守るべきものの位置づけも。何が譲れて、何が譲れないのか。それらを明確にしていなければ、大切なものは何一つ守れない。

静姿は、主人と家族を天秤《てんびん》にかけることができなかった。敗因は明確だ。仮初めの主人をいつしか本物の主人として認めてしまったこと。故に、彼女は苦しんだ。

裏切りに罪悪感を、罪悪感に嫌悪を、嫌悪に怒りを、怒りに憎しみを。

結果、彼女は家族と主人との板挟みになり、そして死んだ。

当然だと女は思う。現実はそう甘くない。迷って揺らいでしまえば取り返しのつかないことになる。だから女は、静姿を迷わず切り離した。――繋《つな》がる糸を見つけられては困るから。

ただ、静姿へ放った凶手が返り討ちにされたのは予想外だった。

誰にやられたのか詳細は不明だが、報告にあった、護衛役の侍女にやられたと考えるのが妥当だろう。あの侍女が、紅《こう》志輝と共に遺体安置所を訪れたことは分かっている。そこで何かに気づいたに違いない。

武を生業《なりわい》として花街で暮らしている女と聞いたが、手練れ一人を簡単に始末してしまうとは、なかなか肝が据わっているようだ。女の身でそこまでできるとは面白い。一度、手合わせ願いたいものだ。

ならば、少しばかり遊んでみるのもよいか。ここで貴妃に対する手を緩めれば、彼の機嫌を損ねてしまうだろうし、舞台が整うまでの時間が必要だ。……凶手が最期まで務めを果たしていれば、多少は目を逸《そ》らせるだろうし。

するとと扉が開かれて、侍女が書簡を運んできた。差出人は見なくとも筆跡で分かる。女は、侍女に対して目で頷いた。

上質な紙を広げると、灯《あかり》のもとで内容に目を通す。一見したところ、ただの近況報告だ。だが――。

(客人を招いて冬に茶会……。在るべきものを、在るべき場所へ……)

一通り読み終えると、女は赤い唇で美しい弧を描いた。

ついに動いたか。――あの男、紅志輝が。

思わず笑い声が漏れ出た。ついに来た、この時が。

女は書簡ごと拳《こぶし》を握りしめ、面を上げた。仄暗《ほのぐら》い目に、燭台《しょくだい》の光がゆらゆらと揺らめく。

(――わたしは、迷わない。間違えない)

守るべきものは、既に心に固く決めている。そのために排除するべきものも。

女は、心配そうに見つめる侍女を振り返った。

そうだ……。在るべきものを、在るべき場所へ。

それが自然の摂理だ。何人《なんぴと》にも、邪魔はさせない。

「動くのは、冬よ。決まったわ」

「……そうですか」

侍女は一瞬間をおいて、それだけ呟《つぶや》いた。感情を押し殺した声だ。女はそれに気づかないふりをして、言葉を続けた。

「そういえば、曹家の後処理は？」

「抜かりありません。あなたのお望み通り、全て業火の中へ。……疑う者はおりません。上手《うま》くいったかと」

「そう……。なら、いいわ」

女は燭台の火を書簡に移すと、壺の中へ放り込んだ。黒く燃えていく紙切れを、女は底の見えないような目で見下ろした。

夜風が運んでくる茉莉花の香りが、灰の匂いを掻《か》き消していく。

だが、来る冬は――。

女は再び窓辺に足を進めた。そして月下に咲く白い茉莉花に目を向けた後、静かに窓を閉ざした。

――きっと、百花の花香でも掻き消せない程の、血の匂いが立ち込める。

本作はカクヨムに掲載された「花街の用心棒【ひとひら舞うは、追憶の花】」を加筆修正したものです。

内容はフィクションであり、実在の人物や団体などとは関係ありません。

お便りはこちらまで

〒一〇二―八一七七
富士見L文庫編集部　気付
深海亮（様）宛
きのこ姫（様）宛

富士見L文庫

花街《はなまち》の用心棒《ようじんぼう》
花《はな》は凛《りん》と後宮《こうきゅう》を守《まも》り

深海《ふかうみ》 亮《とおる》

2020年5月15日　初版発行
2023年6月15日　5版発行

発行者　山下直久
発　行　株式会社 KADOKAWA
〒102-8177　東京都千代田区富士見2-13-3
電話　0570-002-301（ナビダイヤル）

印刷所　株式会社 KADOKAWA
製本所　株式会社 KADOKAWA
装丁者　西村弘美

定価はカバーに表示してあります。　◆◇◇

●お問い合わせ
https://www.kadokawa.co.jp/（「お問い合わせ」へお進みください）
※内容によっては、お答えできない場合があります。
※サポートは日本国内のみとさせていただきます。
※Japanese text only

ISBN 978-4-04-073575-7 C0193

「」カクヨム
2,000万人が利用!
無料で読める小説サイト
イラスト：スオウ
カクヨムでできる
3つのこと
What can you do
with kakuyomu?
2
読む
Read
有名作家の人気作品から
あなたが投稿した小説まで、
様々な小説・エッセイが
全て無料で楽しめます
1
書く
Write
便利な機能・ツールを使って
執筆したあなたの作品を、
全世界に公開できます
3
伝える
つながる
Review & Community
気に入った小説の感想や
コメントを作者に伝えたり、
他の人にオススメすることで
仲間が見つかります
会員登録なしでも楽しめます!
カクヨムを試してみる
「」カクヨム
https://kakuyomu.jp/
カクヨム
検索